U0044988

糖果奶奶的際遇漫遊

高衡松／著

序

這本書的故事主角，都有自己的祈福儀式，例如用祈禱方式讓自己產生好運，從拜佛抄經方式找到自己內在平靜，用跪拜儀式找到謙卑放下過去的煩惱，其實神明並沒有給他們答案，但是虔誠者不抱怨，不說惡言，抬頭看見神佛不語的微笑，內心會生一股正能量，很勇敢的跟自己說：「再努力一下吧！加油。」

希望看到這本書的讀者能找到共鳴點，深信人經過轉念，改變生活態度，任何事都有改變的可能性，對未來充滿希望，祝福大家。

目錄

一、緣起

那天照慣例到廟裡當志工，一如往常會先到前殿向神明請安，開始一天的值班。忙到中午時，伙伴們準備一起享用便當，卻發現前面站著一個小男孩，兩眼瞪大的朝我便當瞄啊瞄，我好奇的問：「小朋友，你吃飯了嗎？你的家人呢？」

小弟弟不發一語地繼續盯著我的便當，正當我猶豫著是否要將手中的便當分享給他時，不遠處走來一位女性，約莫三十多歲，在向我們點頭示意時同時呼喚著小弟弟回到她身邊，隱約看到這位女性對著小弟弟喊著回家。

這時我突然心有所感的向前搭話：「這位太太，今天我們剛好多訂一個便當，不嫌棄的話，請帶回家享用。」這時這位太太突然身體微顫，淚水湧出了眼眶，細問之下，才知道她的先生上個月因意外過世，留下了大筆債務，唯一的房子也被法拍，現在暫住在親戚家，原本是家庭主婦的她現在找不到工作，沒錢的她只好和小孩過著有一餐沒一餐的日子，白天怕影響親戚的生活，就和小孩到街上走走，爲了祈求神明的幫助就每天到廟裡拜拜。

在我們交談時，旁邊的小弟弟突然說話了：「媽媽，我肚子好餓喔。」本來還一臉沮喪的媽媽這時趕緊打起精神說：「乖，是媽不好，我們到那邊的樹下好好吃個飯。」那天，回家的路上一直想著他們母子，想著能夠給他們什麼樣的實質幫助，那位媽媽曾說她的廚藝還不錯，突然想到廟裡有位志工是便當店老闆，最近常說缺人手，也許這是個機會。

接連幾天有空就常跑廟裡，看有沒有機會巧遇這對母子，沒想到一連好幾個月都沒再看到他們，心裡著實擔心，沒錢沒地方住又沒工作，好多負面念頭在心中滋生。

時間過的很快，那天之後的第三年，一如往常值班，有個帥氣的小弟弟跑到我眼前，大叫一聲：「阿嬷，妳都沒變，還記得我嗎？」當下我還眞不知道眼前這位帥氣的小男生是哪位，等到走來一位女士，我才想起他們就是我一直在找的那對母子。

原來那天過後，他們回到這位女士的家鄉，位在外縣市的一處郊區，和小男孩的外公外婆一起生活，爲了給小弟弟好的生活，這位母親同時兼了三份工作，存了一點錢，繳了頭期款買了一棟房子，終於慢慢地從谷底往前走。

今天他們是特意來謝謝我當年的便當恩情，我說：「只是一個便當而已」，這位母親停會兒流下眼淚：「對您可能只是個便當，但當下它眞的給我活下去的勇氣。」原來那天他們從早到晚只喝水，爲了省錢，他們那段時間只合吃一個便當。

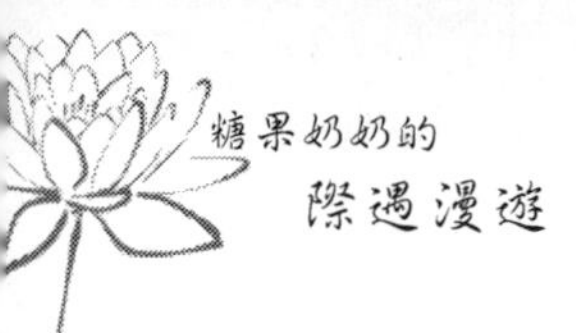

三年來，這位媽媽每天帶兒子到廟裡，祈禱神明能給予她們母子往前走的勇氣，好幾次被債主追得想放棄一切，還好每天虔心的拜拜，給他們撐下去的力量，終於從谷底翻身。

看著他們母子離去的背影，眞心替他們開心，也覺得自己的責任重大，回到大殿，對著神明發下願望，期許自己值班能繼續保持熱情幫助更多需要幫助的人。

糖果奶奶

一〇七年十一月十二日

二、美惠的家

很想再去看看那條美麗小路，人人稱它爲開心天堂路。

我的名字是美惠，站在自己一手打造的開心農場前，抬起頭，看著藍藍的天空，感恩父母愛心的陪伴，感謝還在繼續努力的自己，回憶從前是美麗的畫面。

國小時最開心的是陪爸爸看店，爸爸的店無奇不有，爲方便顧客，全店一律採取分期付款，上門客人都是笑瞇瞇的，生意全年無休，媽媽得微笑的臉是一副好廣告，吸引很多觀光客，成爲鎮上的打卡景點。

好景不常！阿伯喝酒賭輸，經常向爸爸要錢還債，把爸爸的房子偷拿去抵押，有陣子，爸爸媽媽忙進忙出，店裡的商品一件件消失了，常被搬東西吆喝聲嚇得六神無主，不敢在白天哭，只好夜裡躲在棉被裡偷偷掉眼淚，恨自己無能力幫助爸媽。

爸爸嘆氣說：「都搬光，無債一身輕，天無絕人之路，相信爸爸會再給妳們一個舒適新家。」爸爸處理完債務，一家人連夜往南部移動，車子緩緩進入一個小鎮，爸爸說：「今晚就睡在車上吧！我們一定能翻轉人生，妳們一起幫爸爸把『希望農場』蓋起來！」媽媽流著眼淚看著我說：「好的，大家一起加油！」大夥默默等待天亮，窗外的

黑夜，天空的星星躲起來，躲在雲堆中難過，這夜睡在車上的情景，一直在內心深處，成爲一幅美麗回憶。

隔天一早，先到超商買早點，上完廁所，轉個彎道，進入一間很小的便宜家庭民宿，談好短期居住條件。三人分頭進行，爸爸找代書幫忙辦理承租農地事項，媽媽在民宿休息，我出外找打工機會。

時間慢慢流逝，每天都焦急地等候消息，終於執照下來，全家才有心情出去吃頓飯，飯後到社區看看，不小心上到後山坡，突然被一輛腳踏車撞了一下，對眼一看，原來對方是山難協會的善心好兄弟，大家一起聊起來。

新住民：「大哥，怎麼來這裡？」

爸爸說：「我要搬來這山下種菜，養雞，定居過新生活。」

新住民：「很好呀！我們這兒好風好水適合養雞，大哥有需要我的地方只要說一聲，我一定過去支援，我家種稻子。」

爸爸說：「下週可以過來幫忙支援木工師傅，大夥一起先蓋個小木屋，工資照算，完工後一定謝您。」

三個大男人，敲敲打打，連夜趕工，一個星期後，兩層樓的粗工架完成了，特殊的房子，大大的窗戶，大大陽臺，窄窄的樓梯，沒有床的臥室，好可愛的小窩終於完成了。

上樓前，先看看沒廚具的廚房，沒電視的客廳，慢慢進入有溫度的臥房，我們這樣睡了三個月地板床，聽著窗外的小鳥聲，一夜好眠。

爸爸說：「今天出門幫媽媽買些廚具，讓媽媽發揮手藝，可以開心過新生活，我們好久沒吃媽媽做的好料，大家一起想辦法認路。」

開心的到鎮上的小超市，一間一間問價錢，媽媽摸摸口袋，一面算價格，一手拿起又放下，思前想後，都猶豫不決，最後轉到二手屋，抱回一個大同電鍋，一打筷子，一個鐵鍋，一包米，調味料，兩把青菜，一瓶清潔劑，三雙雨鞋，三頂草帽，一打工作手套，最大收穫是敢跟陌生打交道，回家累癱就睡著了。

一早起床，爸爸幫著我，披上大毛巾，戴上草帽，套上雨鞋，肩扛鋤頭，看看太陽公公偷懶沒出來上班，微風偷偷翻跟斗，是個運動的好天氣，我從那頭挖土，你從這頭往前翻，我一面翻土，一面喊累，淚水和汗水偷偷留下來，爸爸連抬頭的力氣都沒有。

不眠不休，一個月的辛勞，養雞場、菜園四周的圍牆陸續架構完成。媽媽準備一些水果敬天敬地，還撒了一些粗鹽滋潤土壤。

工作的心得：

第一天手痛，

第二天頭痛，

第三天腳痛，

第四天臉痛，

第五天喉嚨痛，

第六麻痺了。

總算熬過挫折，看到小小收穫，我抱著爸媽大聲哭出來，我們明天可以養小雞，種菜種子。

聽我慢慢分享，說說養雞養菜的心情轉折，先來個深呼吸！

種菜篇

媽媽先在廚房窗臺邊用小碗養些菜苗：把蒜頭，小白菜的頭用剪刀剪下來，放在小碗慢慢養，等小菜苗漸漸活起來，再移植到院子菜園內，看到生命奇蹟，活的動力，讓人心很療癒。

隔了幾天，牆邊的小樹苗不見，蟲子甚麼時候來過，大夥兒開始找兇手，終於在角落土堆中找到大小蝸牛，眞的很生氣，又不知如何處理這些兇手，如此來來回回無數次。

換個方式，再試一試，到農會買菜苗回家種，成功率不高，連最好活的小白菜都這樣，懊惱想放棄，最後選擇去產銷班上研習課，好朋友說，我們是老手，菜照樣沒活，心得如下：

一、先從容易種活的種苗下手。
二、將土壤放些小石子。
三、消除病蟲害，翻土曬太陽。
四、注意排水系統通暢，以免積水。

前前後後，經過兩年的失敗經驗，慢慢接受挫折，相信定能步入軌道，終於可以養活菜苗，菜園的蔬菜依季節排行如下：

一、春季種：茄子，既可觀賞又好吃，「注意排水和需要輪種」。
二、夏季種：苦瓜，一半做造型設計，「注意熱度，怕颱風」。
三、秋季種：波菜，「注意排水」。
四、冬季種：甜椒銷售第一名，「土壤加些細沙」隔年收成。

（附註：客人偏好我家地瓜葉，每天都有產量，好吃通便排毒，是爸媽最愛的一道菜，土壤加些細沙，收成會很好。）

養雞篇

先買二十隻小雞回家，每隻都可愛，跟養雞場買個紙箱，按照老闆教的步驟：

一、紙箱底部鋪一層粗糠。
二、用餵食器裝細細的飼料。

三、注意28—30溫度。

四、添加電解質水。

五、飼料要分配均勻。

六、架上日光燈。

七、紙箱四面都開個窗口通風。

第一次養碰到寒流，小雞全軍覆沒，我把牠們小心地埋入菜園裡；第二次養，可能紙箱內溫度不夠，小雞用嘴巴呼吸，兩次下垂，又死傷一半；第三次放在室外，竟然被老鼠叼了五隻，一連串不順利，內心很煩，腦子閃過一個念頭：「放棄吧！放棄！」

有天聽到窗前風鈴對話：「小雞活著好可愛喔！」一股「渴望的念頭」升起，再試一遍吧！開始報名參加養雞場的講習會，跟同行一起討論，得到一個答案：

一、養小雞的紙箱最好放在室內，就近照顧，因為小雞換羽毛前，沒有禦寒能力。

二、滿月前的飼料，需要用小雞專用飼料。

三、飼料內需要加些蒜末，提高小雞抵抗力。

四、訓練小雞有摸黑能力。

五、飲水器內加電解質水。

六、記錄小雞成長紀錄。

七、隨著小雞的成長需要隨時換大紙箱。

終於體會出養小雞的辛苦，但看著生命的成長是件快樂的事，也學會不懂的地方要參加研習「自我充電」「改變方法」，尤其看到活的生命能長得更好是很驕傲的事情。

選個吉利的星期天，有大大的太陽，掛在藍藍的天空，把小雞放進圍著籬笆的雞舍裡，全家人排著愛心隊伍，鼓掌小雞的成年禮。

我家的放山雞，在好空氣，好水源，大運動場，有豐富的飼料，玉米，還有剩菜剩飯和菜園蔬菜。

原以為放山雞不用管，但還是有很多操心的問題：

一、注意天敵，會被大鳥叼走，爸爸加個天網。

二、小雞天黑不會自動進雞舍，天黑要趕牠們進入雞舍

三、雞下雨天不會進雞舍，會站在外面淋雨，要教牠們下雨時自動進入雞舍

四、小雞遇天敵不會逃走，會蹲著不動，也不會反擊

五、為了防蛇，院子養兩隻大鵝，蛇怕鵝大便。

頭幾年賣雞收入連付飼料費都不夠，勞心勞力，顧客還嫌肉質不嫩，那種打擊讓人失望透頂，有幾天我都躲在被子裡哭泣，爸爸不肯放棄，繼續參加產銷班學習行銷方式，到處參觀養雞場的規模，繼續找資金貸款，不斷找技術支援。

目前爸爸最喜歡走進雞群，看著大雞帶小雞，在地上找飼料，跟雞群賽跑，跟雞群玩捉迷藏，訓練雞的抓腳力，腳變有力多了，雞會飛高飛低，姿勢美麗多了，雞的胃口

變好了，爸爸還特別幫水源區加裝蓋子。

結果雞肉變嫩，肉質變甜了，終於把信心找回來了，我家雞叫「冠軍雞」。努力三年後，爸爸幫新家取個好溫暖的名字，媽媽製作一塊古典的牌子，「開心農場開幕了」。當天我們三個人圍在飯桌前，許個自己的心願，我聽到一個溫暖聲音。爸爸：「有你們的支持真好，對不起，沒給你們豐裕的生活，跟爸爸一起受苦，大家一起努力再闖出一片天。」那晚我睡得好甜好香。

開心農場開幕了，家中所有家具，都是爸媽從二手店精心選購，我最喜歡自己房間的擺設，跟從前一模一樣，窗前多個小鳥叫聲的風鈴，我負責種菜，養雞，餵雞，負責小雞長大，媽媽負責整理愛心廚房，把重心放在製作點心，心願是把家人身體照顧好，吃的健康，爸爸負責規劃開心農場未來的走向。

最感人的是，開心農場開幕當天，來了一位稀客，希望芒果園的主人李伯伯帶著他栽種的新鮮芒果來拜訪我們，我們兩家分享務農的辛苦，站在一旁的李家大兒子阿強開口：「爸爸，我終於吃到最道地的甜點，希望以後兩家可以交換一些新資訊，伯母的甜點超級棒。」那天是媽媽最開心的一天。

九二一大地震前幾天，天乾地燥，地上小蟲往外爬，爸爸有預感，颱風要來了，於是把雞舍補強一些，注意明天的蔬菜訂單流量，天氣愈不好，愈要維持對客戶的信用。

晚上的風雨漸漸加大，老天爺沒得商量，美惠半夜被風鈴吵醒，內心一震，明天要送的蔬菜，肯定禁不起風雨，一個翻身推開被子下床，睡意全消，靜靜地下樓，穿上黃色厚雨衣，拿起雙層大菜籃，雙手快速搶摘，菜一半都泡了湯，強忍著背上雨水拍打的疼痛，隨後看看雞圈的圍欄，被吹得東倒西歪，有隻公雞特別眼尖，看到是我，乖乖的帶小雞蹲下來縮在一起繼續睡覺，雞蛋被水沖到外圍水溝，還好沒有雞飛狗跳的畫面。

看著院子的慘狀，算算損失不小，抬頭看著屋頂，好險沒被吹走，內心安定多了，內心升起一股暖流，伸個懶腰正起步，忽然，腳下一陣刺痛，似乎有個人扶我一把，讓身子沒往前傾斜。

我蹲下來，撿起地上木雕，是尊佛像，內心疑惑是從哪裡流過來？雙手捧著佛像，恭敬的放在蔬菜上面，心情一下子緊張起來，好奇怪的景象！睡意全消，累感消失，雨慢慢小了，天漸漸亮了。

一進屋子，爸爸在廚房準備早餐，快步往院子找我，搖頭道：「菜怎麼都沒了？」轉頭看著菜籃邊問我：「妳一夜沒睡嗎？辛苦妳喔，有辦法準備今天的訂單貨品嗎？」

我拉著爸爸的手，搓著雙手，低著頭，拿起木雕佛像：「怎麼辦？佛像躺在小雞圈門口邊，被倒塌的木板牆擋住。」

此時屋內電話響起！媽媽拿起電話，電話那端，催著要訂蔬菜、雞蛋，一連數十通，接到媽媽手軟。

等雨勢小一點，我跟媽媽把佛像送到廟裡供奉，貨品一件一件整理完，媽媽說：

「我們把佛像供奉在蓮花池旁邊吧！順便整修雞舍，估計損失不小，還好我們上個月業績增加，也許佛像跟我們有緣。」

阿強是美惠的朋友，昨夜的颱風大得像隻大斧頭，啪啪地把他家的芒果樹一一砍下，芒果因地心吸引力被大雨打下，院子的大水被樹枝擋住，滿目瘡痍，堆積如山。站在損失慘重的芒果樹下，無語問蒼天，一年的心血化爲烏有，該重新打算這些爛芒果如何處理，先裝入布袋中。阿強忍淚水，在內心說：「不能太傷心，爸爸的憂鬱症康復中，也許該再改良芒果的品質，快點找事情做，不要讓爸爸看到損失的慘況。」

收起負面情緒，穿著雨鞋，披著雨簑，彎腰蹲在地面，將一顆顆爛芒果往布袋裝，一下子，滿滿的十袋，往門口移動，先放著，轉身回屋內。按往例跟祖先敬茶點香請示，要送給誰呢？靜下心來，在屋內左右移動，喃喃自語。

突然腦子閃出一個名字：美惠，送給美惠養的雞當補品，一方面可以敦親睦鄰，一面也可做個實驗，看看雞的品質會不會變好，想著時，遠遠看著美惠爸爸騎車過來，阿強舉起雙攔車。

美惠爸爸開口：「昨夜颱風，你們家還好嗎？我家有點損失，人都平安，錢再賺就有，有需要阿伯幫忙嗎？阿伯一定幫忙。」

阿強說：「阿伯！有您這句話，我安心了，果園內滿地壞掉的芒果，著實讓我一夜未眠，送給您家小雞吃，幫我決解一件苦惱事，等會我親自送過去好嗎？」

爸爸說：「不成問題，我趕快回家跟美惠媽媽說。這是好消息，讓雞進進補，換換口味。」爸爸跟阿強說：「中午在阿伯家吃中飯，大家聚聚。」

門鈴一響，阿強快速的扛著兩大袋芒果，沒有一點喘氣聲，直奔後院雞舍，看見美惠在跟小雞唱歌，雞群跟著美惠繞著圈圈，吃芒果吃得津津有味。

大家一起欣賞小雞啃食芒果的快樂情形，吃飽的雞就自動到外面遊玩，美惠突然冒出一句話：「快樂的雞，才能生出健康的雞蛋，等下帶兩盒回家，吃吃看，我家的雞生的冠軍蛋是雙蛋黃的喔！」

阿強：「太棒囉，謝謝你們的冠軍雞肯給我面子，吃我家的NG芒果，也算找到新的出路，謝謝美惠給我機會，創造新的副業。」

阿強想改變自己的工作態度，修剪芒果樹枝時，會用愉快的心情跟芒果樹共處，抬頭看著陽光升起，發覺嘴角也跟著上揚，希望下期芒果甜度更濃，產量豐收。

低頭一看，腳下的小樹苗竟然長高了，我可以把它送給美惠，讓美惠多學一門新技術，祝福別人就是祝福自己！

美惠收到小樹苗，高興得跳起來，答應會用全力照顧它。半年後，樹苗旁邊站著一枝小花樹。

美惠一轉身，阿強站在身後，臉紅起來了！阿強開心的說：「我們可以一起去走天堂路吧！」

後記

開心農場，是美惠一家人共同的經歷，希望大家開心生活，主打有機蔬菜、開心的雙黃雞蛋、快樂的放山雞，參觀導覽需要預約，會提供可口的老麵麵包，可以跟不怕陌生的小雞拍照，絕對能把開心的情緒裝滿帶回家。

接著走路散步到尾端的希望芒果園參觀，主人開放自由採食，主人阿強會分享精采的生態研習，接受民眾的要求，表演樹枝修剪法，可以帶著有刻字的芒果回家，每顆都有滿意祝福，路頭到路尾成爲一個美麗天堂路。

三、老爸的蔥油餅攤

巷口傳來媽媽的聲音。

「女兒呀！快換件新衣服，跟爸爸去見一位大哥哥。」

我高興跳起來，終於可以跟爸爸出去玩了，拉著媽媽的手，跟在爸爸後面，過了幾個紅綠燈口，來到一個大市場，抬頭一看，原來是當地有名的「太陽市場」。

市場內人潮很多，人車爭道，到處都是叫賣聲，我們好不容易擠進一家旁邊有棵大榕樹的攤位前，剛好位在轉角，隔壁攤是賣水果的，眼前有一位親切的大哥哥正和爸爸熱切的聊著，我則是躲在爸爸的後面。

大哥哥拉著爸爸的雙手，眼淚直流地說：「士官長，我找您很久了，當年一別到現在已經十年了，您過的好嗎？當年如果沒有您的協助跟開導，我無法順利退伍，還教我一手蔥油餅獨門功夫，這個一技之長，陪我戒掉菸、戒掉壞習慣，買個小攤，做小本生意，養活自己，找回爸爸對我的信任，讓我爸重新接納，現在他讓我回家繼承他的工廠事業，這些都是士官長您給我的，現在蔥油餅攤在當地也小有名氣，這個店無條件給您，是對您的回報，結個善緣。」

之後，阿爸將蔥油餅攤位重新洗刷一遍，店名改爲「老爹的蔥油餅」，主打經濟實惠的蔥油餅。在開張前，帶著水果一一跟左鄰右舍打個招呼，慢慢地有人知道爸爸的獨門手藝，客人絡繹不絕，尤其假日要吃老爹的蔥油餅，排隊二十分鐘是很常見的。

我很喜歡吃爸爸的蔥油餅，國中就常跟在爸爸身邊當學徒，學習控制高筋和低筋麵粉的比例，學著如何掌握調理時間及火候，最重要的是學習待客之道。爸爸在軍中總是很關懷阿兵哥，現在一樣認眞對待每位客人，把客人當作自己的親朋好友。

他總是穿著黑色運動功夫褲，套上雙紅色雨鞋，早上六點，提著一壺媽媽泡的烏龍茶，踏著輕快的腳步，進入太陽市場，高八度的大嗓門，向大家問好，儼然就是市場的人氣王。

攤前大大的招牌：「原味蔥油餅，三星蔥烙餅，酸菜薄餅通通二十五元。」爸爸的蔥油餅，有獨特味道，任何時候吃都不會變質，好多客人就愛這獨特的眷村口味。

忙碌的生活持續著，很快的十五年過去，好日子總是走得不知不覺，中秋連假時，媽媽在浴室跌一跤，摔斷了三根骨頭，腦部瘀血，緊急住院，爸爸便在攤前掛個牌子：「家中有事，休息兩個月。」

我一夜之間長大了，看見駝背的老爸，躺在病床的老媽，心涼了一半，家中的開銷怎麼辦？尤其媽媽的醫藥費，爸爸放下工作，全心全意照顧媽媽，思前想後，只有自己來接這個攤位最適合，幫忙賺點錢，腦子浮現「妳能嗎？」

內心有個聲音出現：「好孩子，妳最棒。」

爸爸知道我要接下攤位，整夜未闔眼，擔心還是擔心，拍拍我的肩膀說：「孩子！辛苦妳了，不要累著。」

隔天一大早，爸爸在客廳等著我，交代開店注意事項後，便急忙前往醫院照顧媽媽。前幾天眞是手忙腳亂，抓不到重點，不是找錯錢，就是動作太慢，讓客人等太久而走掉，這些都還好，最重要的是沒辦法做出爸爸的獨特味道，連連出錯，內心挫折感愈發強烈，不禁懷疑，是自己笨嗎？是否不該接這個位子？

放棄，或是繼續，在心中想著如何選擇時，抬頭一望，我的國小老師來看我，聽說了家裡的狀況，特別來幫我加油打氣，老師臨走前送我一句話：「做中學，累積自己的實力，老師相信你會成功，加油！」

之後，我下定決心要吃遍臺中所有市場的蔥油餅，一早就騎機車出門，吃了一家又一家，拿出相機拍下每家店不同的蔥油餅造型，一攤一攤的試吃，把特色一一記錄下來，同時也買幾家名店的蔥油餅帶回家給爸爸嚐嚐，過程中才知道行行出狀元，悟出一個道理——生存不易，每個成功的小吃店都有其個人特色。

了解這點後，想快點回家跟爸媽分享，讓爸爸放心，女兒一定會好好守住爸爸的店，進入安養中心大門，遠遠就看到媽媽對我搖手打招呼，爸爸說：「今天還好嗎？辛苦妳了，我們家女兒最棒，我們家有妳眞好。」

拿出今天戰利品，請爸爸試吃並分析優缺點。

爸爸吃完後，搖頭說道：「這些蔥油餅雖然好吃，但跟我的蔥油還是差一截，少了人情味，女兒只要用心揉麵團，就能做出好吃的蔥油餅，今晚爸爸親自再做一遍給你看，看看你哪個步驟漏了，哪個步驟快了些。」

我一面揉麵，一面發抖，一面大哭，自言自語地喊著：「自己是不是太笨，會不會把爸爸的招牌搞砸，讓您丟面子。」

爸爸安慰我說：「妳很棒，妳做得比爸爸想像中還好，妳非常細心，可能壓力太大還沒辦法發揮，不用十天，一定能做出好成績。」

謝謝爸爸的鼓勵，開始努力在小地方做出改變，隨時面帶著笑容，抬頭挺胸走進市場，和攤位鄰居寒暄，加快備料流程，隨時想著爸爸平常的工作情形，試著追上他腳步，用心揉著麵團，等待客人上門時也沒有閒著，讓攤位維持乾淨，學著爸爸的口吻，跟客人話家常，把每位客人當自己的家人，天涼提醒阿伯多加件衣服，讚美常來光顧的陳媽媽髮型變漂亮，慢慢地客人也開始變多了。

有天，整個市場的熟食部，因爲當天要參加一個企業活動而公休，我本來也想休息，但是突然想趁此時做些蔥油餅送給廟前的遊民分享，沒想到接近中午時，客人一個一個過來買，原來當天遊客多，但只有我這家店開著，不一會兒，攤前面排成長龍，心想這是我等待很久的機會，拿出備料，手腳俐落地完成一張張蔥油餅，客人們除了讚美好吃外，也對我的廚藝精湛快速、沒讓他們餓著感到驚訝。這天終於把我平時的努力昇華成客人一張張的笑臉，自那天起，這間蔥油餅店終於又重回爸爸在時的盛況，爸爸知道這件事後，告訴我他始終相信我可以做到，謝謝爸爸，沒有讓您丟臉。

四、那一年去朝山

我家住在南投山區山坡邊，依山臨水，是用破破的鐵皮建材搭的屋子，夏天炎熱冬天寒冷，旁邊蓋一間茅草屋，裡面是一隻母牛臥室，也存放農作工具，左鄰右舍相隔遙遠，這個街安靜到能聽到對面家的煮飯聲，那年我才五歲，找不到玩伴，還好有個阿伯跟我一起顧家。

爸爸經常起早摸黑出門去巡田引水，中午頂著大草帽在田中犁田，推著我家寶貝母牛來回在田中移動，如此才能養出飽滿的稻穗。媽媽的工作也不輕鬆，要用木板棍挑水，一天來回四趟才夠一天家用，我每次玩水戰都會被媽媽念個半天，有天媽媽帶我去挑水，我終於知道走山路的辛苦，知道水得來不易。

我家阿伯走路不方便，身上永遠有一隻樹枝當助手，還會製作四個輪子的椅子，不想成爲一個沒用的人，還利用稻草編一些手藝品，我最喜歡跟阿伯學編稻草人，架在田中間嚇嚇來偷吃稻穗的小鳥，阿伯教我編很多造型稻草人，還會跟我說小鳥故事，教我看天空飛行的動物，像燕子南飛，白鷺鷥的嘴巴最厲害會抓蛇，讓我了解大自然生態。

我非常佩服我阿伯的頭腦，我的名字「阿亮」也是他跟我解釋的，他說我出生時天剛亮，爸媽希望我將來聰明，能讓人看到我亮點，因此我的童年過得非常愉快，從不覺得家裡貧窮。

念小學開始，我就開始央求爸爸快點裝自來水，爸爸總說：「快了，快了。」這一等我國小畢業了才裝好自來水。算算我挑了六年的溪水，第一桶水一定先餵水牛喝，接著跟我家那隻水牛說今天學校發生的大小事情，例如遲到被罰站，回家路上被小狗追，水牛都會點頭回應似乎說：「知道了，妳好棒。」非常感謝水牛對我們家的貢獻。

國二那年，導師要全班寫篇作文「我的願望」，我只記得最後一段是我要幫爸媽蓋棟大房子，改善家裡的經濟，協助工作，減輕父母的負擔。導師給我的評語是，先把書念好，才能改變家裡的環境。我從此開始發奮圖強，想辦法考上省立高職，替家裡省些學雜費。但是，我怎麼努力，成績一直爬不上來，媽媽給我一個建議，今年的朝山拜佛活動，你可以跟隔壁鄰居阿傑一起去，阿傑每年都參加，也許菩薩會給你一些加持。

朝山活動當天，我帶著歡喜心走出大門，抬頭跟老天爺說：「無論天氣多熱，或者刮風下雨，我一定要全程走完朝山路途。」我抬頭挺胸走著走著，看見遠方的阿傑朝我走來，二個人互相勉勵到大會報到處，師兄帶著大家先做靜心活動，叮嚀大家必須配合師兄姐的口號跪拜，如果體力不行時可以在旁邊用走的，三步一拜，五步一叩首，一面拜佛，一面內心念佛，我一面抬頭看著遠方天空，一面點頭喃喃自語說謝謝，腦中出現菩薩的指引。回程時，阿傑看著我的臉說：「妳今天第一次來朝山就如此誠心，菩薩一

定會祝福妳完成內心的願望。」

回到家裡開始認眞念書，腦子經常出現一個畫面，導師鼓勵我，想要達到目標，一定要把專注力抓回來，主動跟認眞念書的同學請教，每天留下來跟同學參加晚自習，發現自已的人緣好多了，同學會鼓勵我，自信心增加，相信自己一定考上省立高職。

放榜當天，媽媽一直守在收音機旁，連飯都忘了煮，聽到我的名字，從椅子上跳起來，眼睛掛著淚滴跟祖先牌位點頭謝謝，我念的是省立農校，爸媽總算鬆口氣，不用擔心學雜費，我好喜歡學校安排田間的實務課程，經過汗水、淚水、泥土等實務課程訓練，終於體會父母的辛苦，在學三年學到很多新的耕種方法，稻穗的新品種、如何增加播種的速度、如何收割曬穀，堅信自已會繼承父親的工作，作個務實的農家子弟，開啓每年暑假都跟阿傑一起參加朝山活動，學到感恩。

畢業後爸爸建議我先去當兵，經過當兵的訓練，學習獨立生活，還能體驗「吃苦耐勞」的人生，在等兵單來臨期間，爸爸給我兩個任務，首先是觀察稻田邊樹林上的小鳥巢，看小鳥結巢過程，我花了整整兩個月仔細觀察，小鳥用尖尖的小嘴巴，可以製作出一個厚實的鳥巢，目睹小鳥努力生存的過程。另外是要觀察廚房角落的蜘蛛織網，網子一破蜘蛛馬上補齊，被蜘蛛的勤奮精神感動，耐心的等待獵物到臨，我終於體會出生活的不易，需要莊敬自強。

爸爸親自送我入伍，叮嚀要有禮貌，服從長官的命令，多幫助別人，一定能順利當完兵，回來再陪爸爸一起種田，減輕爸爸的工作量，我目送爸爸的背影，頭髮白多了，走路變慢了，眼眶紅了，我一定要光榮退伍回家。

很幸運的度過基本訓練，下部隊分發到廚房工作，出外買菜的好差事輪不到我，我被分配做廚房的粗重工作，外兼餵食小豬及清洗豬舍，這些都是我在家裡的例行工作，非常輕鬆，偶而還是會被嫌做得不夠好，內心也不認爲是霸凌。心情不好時，會拿出口袋的小卡片鼓勵自己，多幫助自己身邊好朋友，手腳俐落讓我結交一些動作慢的好朋友，成爲聊天對象。

同寢室的好朋友阿良，個子矮胖又內向，體力夠但手腳慢，常常被長官念，我倆互相談得來，一起勉勵要同時結訓回家，心情不好時會談農夫的趣事，爲了省下來回的車資，所以放假期間都會去附近廟宇當環保志工，還幫廟宇修剪果樹，我跟阿良學習付出，學到種芭樂樹的技巧，找到心靈安靜的方法，最後兩個人變成共患難的好朋友。

芭樂樹是收成最快的果樹，一年就可以收成，我將種芭樂的技術寫在字條上：

一、樹苗的枝葉要茂盛，小樹比較容易長大。

二、種樹苗前先挖三十公分深的坑，樹苗種下後再用土填平。

三、注意施肥澆水及排水問題。

四、要注意修剪樹枝，讓它往直向發展，一年後結果收成。

五、開花後結小肉球時，可以把它包起來，如此就有吃不完的芭樂。

芭樂樹種成功後最高興的是阿伯，他說自己要負責照顧，爲小樹整裝修剪，爲這個家盡一點力，讓自己有一份專屬工作，自己的心情會更開朗，這是個意外收穫。

我接下種有機米這個棒子，第一期的稻子幾乎長不出稻穗，部分成爲空包彈，賣不出好價錢，鄰居都勸我跟著傳統方法，我把部分有機米送給廟宇製作平安餐，跟菩薩求一些靈感，我會努力改良，讓社會大眾吃到好米，減少農藥汙染的問題，到處學新技術，加入農會有機產銷推廣班，學習有機肥料製作，終於在九年後得到神農獎，產出冠軍米，這段的米故事，終於被肯定了。

最後女朋友答應嫁給我，兩個人一起努力，到處宣導有機米技術，「安心吃飯，樂活人生」，經過無數次沒人認同、沒人試吃的演講，有次阿伯將有機芭樂請大家試吃，竟然一炮而紅，好多人搶著買，目前的訂單接不完。

一連串的風風雨雨，爸媽的房子已經蓋成三樓透天，一樓是孝親房，前面一個遮雨棚是大家喝茶聊天的地方，放著一臺爆米香舊機器，客人可以吃到有機米的米香，成爲很多觀光客的祕境之一。

經過無數次溝通，整個社區都加入有機米栽培，大家一起爲農業努力，感謝我父母的支持，感謝太太的協助，感謝上天賞賜，冠軍米好吃好銷售受到肯定，所有的好運點子都是朝山功德。

五、為孩子求平安

今天是父親節。

站在爸爸的遺照前，想著爸爸抱我的畫面，爸爸牽我到公園散步的情形，爸爸陪我算功課的那些晚上，想著自己在爸爸書房寫字條的心情，經常看到爸爸在書櫃留些「待辦清單」：

一、新案件還有幾天需要完成。

二、幾月幾號是兒子的生日，早點回家陪他。

三、下週四要兒子買3C產品。

四、下週三要帶阿公阿嬤到鄉下玩。

還有……

擦乾眼淚，轉頭看看溫暖的屋子，滿屋子有爸爸的影子，雖然離市區有點遠，但是住起來很舒適，四周的環境超清幽，花鳥聲特別清晰，屋外邊還有個運動花園，這些都是爸爸用辛苦工作換來的。

坐在飯桌前，想起那一天是爸爸的升遷日，那晚爸爸買了一堆美食，全家圍在爸爸

的身邊，聽爸爸述說奮鬥艱辛的過程，我跟媽媽佩服極了，媽媽非常開心，那個溫馨的畫面到現在還是常浮上心頭，想跟爸爸說：「您是我心中一棵大樹，爸爸我好愛您，希望來生再續父子緣。」

想跟爸爸說，媽媽還是常梳個包包頭，只是您不在後，臉上微笑少了許多，總穿著一成不變的套裝，說起話來還是很溫暖，目前還未退休，只是常感疲勞。

媽媽最喜歡跟我說，你爸爸最喜歡工作，常常加班，爲了這個家的房貸繼續努力。媽媽總心疼您的辛苦，也是她不敢跟您爭吵的裡由，爸爸很有福報，走時很安詳，感謝爸爸留這棟房子給我們，祝福爸爸一路好走。

爸爸請放心，媽已經走出傷痛，假日去附近廟宇學習誦經，精神開朗許多，臉色紅潤了點，我問媽媽，拜佛，神明會給我答案嗎？

媽媽會跟我分享拜佛心得：到佛祖面前，不要抱怨，只有感恩，佛祖會用微笑的面孔，讓我們找到內心的安定，內心的渴望。

媽媽喜歡住這裡，有熟悉的好鄰居，有鄉間的安靜感，最主要是住在一個充滿暖愛的屋子裡，請放心，我會常常回來看媽媽。

爸爸我成家了。

感謝媽體貼贊助房屋自備款，終於買到一間小套房，還送我們一臺念佛機，開始一家三口的新生活。

裡面住著我和太太，和一位小公主。

我放佛經時，女兒會很安靜，臉上露出燦爛笑容，不哭不鬧，靜靜地躺在床上，最喜歡我們抱抱她。

有一天，太太在廚房打破一只碗，聲音大得嚇人，小孩竟然沒有感覺，直覺問太太：「這孩子的聽力有問題嗎？」隔天，帶孩子到附近診所，經過一連串檢查，醫生說：「不哭不鬧，太安靜，可能身體有病說不出來，需要到大醫院檢查。」回家一路上，我們沉默不語，下一步怎麼走？跟太太說：「我要出去一下。」

一個人漫無目的地走，一面低頭想，一面流淚，內心浮出一個念頭，為何是我，這時天黑也下雨了，走著走著，轉進一家加油站，看到牆上一張舊海報上斗大的字，「爸爸是棵大樹，避風躲雨，不畏寒冬」，一下打醒了我，我不能自私當落跑爸爸。

回到家，一開門看見女兒跟太太玩親親，女兒快速跑過來，抬頭看著我說爸爸抱抱，孩子的笑容，融化了我內在的冰山，回頭跟太太說：「妳們先睡，我還要預約掛號，明天我會陪妳們一起去看醫生。」太太：「謝謝你願意陪孩子看醫生，我等會念一本佛經，讓女兒好睡，讓明天的檢查順利。」

隔天的風雨很大，我們風雨無阻地順利到達醫院，進行一項項檢查：

一、頭部是不是正常。

二、黃疸指數是不是過高需要「抽血」。

三、斷層掃描。

四、做觀察、視察、遊戲等聽力測驗。

從早診看到晚診，還是查不出原因，醫生建議到南部醫院再看看吧！想想今天一天，孩子眞的很配合，上天一定會給她機會的。

走出醫院，太太說：「我們到廟裡拜拜，謝謝神明幫忙，今天檢查順利，希望我們找到名醫。」媽媽支持我們的決定，贊助我們買部「休旅車」代步，車上放著媽媽送的念佛機，我跟太太都先向公司請「留職停薪」假，展開爲孩子尋求名醫之旅，內心充滿信心，相信爸爸會保佑我們。

到南部沒有熟人指點，不熟悉預約掛號，通常一早七點就要現場排掛號，一趟趟下來的失敗挫折，每次狀況低迷時，總是會遇到

一、好心人主動送偏方。

二、善心人指導我們找名醫。

三、好多人默默鼓勵我們加油。

最讓我們感動的是「每次想放棄時」，醫生都會說再試一次，趁孩子黃金時期，不要放棄，孩子一定會碰到他的貴人。有位好心人傳一個訊息說，可以去某個廟求個籤看看。接完電話，好巧，前面剛好有個天公廟，三個人順利進入大殿，女兒拉著我到籤詩桶旁，她想自己抽支籤，我幫忙請示，孩子拿籤詩跑過來給我看「含笑播種，一定含笑

收穫。」三個人抱在一起，女兒一直向神明點頭答謝，我請神明保佑我們明天能碰到好運，孩子開心地走出廟門，臉上的笑容像一朵蓮花盛開，內心生出無限感恩。

今天要去拜的廟宇非常有名，又是觀光景點，一路上的車水馬龍，滿山的黃土高原，坡地的小樹小花展開笑容，沿路的彎曲像一條長長巨龍，我專心開著車，跟女兒說：「今天暫時不看風景，趕去拜拜，下次再來看沿路風景。」

經過一個小時，車子好不容易擠進停車場，停好車，準備進入大殿時，我一陣暈眩昏倒在地上，太太哭喊請人幫忙！女兒一直拉著我的手，一群香客圍著我，其中一位醫生路過說：「我是醫生，我來急救。」十分鐘後，我醒了，摸摸自己的頭，說著怎麼了。

醫生：「先生您昏倒了，依我的觀察，您可能累壞了，我剛從美國回臺灣，在此地醫院服務，帶回最新的技術和儀器。」

我聽完，大哭起來：「醫生您一定要救救我家孩子，我們找好醫生找了半年了，感謝這間廟的牽引，我們才有緣在此地相遇，終於讓我看到神蹟了。」

醫生說：「也許算神蹟吧！我原想走直路回家，突然有個念頭指引我，轉個彎，被沿路的風景吸引往山上開，為自己回國的順心拜個神，才有機會見到這位小朋友，神也許看到您為孩子的努力，我被您救小孩的精神感動，讓我試試看，謝謝神給我一個救人機會。」隔天，趕到張醫師服務的醫院，掛了張醫生的診，配合醫院做了一連串檢查與會診，看到整個團隊的用心，終於有個答案：「治療率很高，下週開刀。」

等待是一條漫長的心路歷程，內心的不安，回想從前的失敗過程，內心的辛酸，我跟太太說：「我們要好好陪孩子快樂度過這七天的等待。」

第一天，我帶女兒去動物園看動物，聽鳳凰樹上蟬叫聲。

第二天，陪女兒到公園跟陌生人講話。

第三天，到書店買畫筆，參加現場畫畫。

第四天，到圖書館看繪本。

第五天，到百貨公司替孩子買件新衣服。

第六天，到玩具店買玩具熊。

第七天，在民宿看花花草草。

手術終於成功了，過程非常驚險，醫療團隊欣喜若狂，感謝新的技術，新的儀器，最感謝的是小朋友的配合和家長的支持。

接著是最辛苦的漫長復健治療，語言治療，早上復健，下午全家一面拜佛一面欣賞風景，吸收芬多精，幫孩子忘掉復健的辛苦，拍拍美麗照片。

我家女兒現在開始上小學了，可以跟一般孩子一樣上課上學，每天接送是我這爸爸的責任，最高興我可以回公司上班，感謝公司給我工作機會，感謝醫生團隊的救人情誼，我也加入廟宇志工行列。

再次感謝媽媽一直跟我說加油！感謝在天上的爸爸保佑！

六、爸爸我等著您

我的個子矮矮，身材瘦弱，頭髮黃黃，一副營養不良的樣子，努力低著頭包白灰檳榔，好渴望跟同學一起出去玩，可是看著媽媽身旁有包不完的檳榔，有一箱礦泉水未裝完，想去玩的心就縮回去了。

國中畢業後，爲貼補家用，先當個司機助理，司機大哥叫阿強，幫忙搬貨卸貨，月薪是媽媽檳榔攤的兩倍，工作輕鬆，又可以全省玩透透，一面送貨一面看沿路風景，媽媽叮嚀我不要被阿強騙，阿強年輕力壯，體力很好，是公司裡面最認眞的送貨司機，開車特別細心，沿路有好看的風景，我們會停下來享受一下，幫我把童年快樂的回憶一一找回來。

阿強愈來愈信任我，自己在阿強的呵護下，有被愛的感覺，慢慢把阿強當成自己的眞命天子，阿強把所賺的錢都交給我管，每次收到薪水獎金，都會用一個拉圾袋包起來往床鋪底下丟，短短兩年存了五十幾萬，阿強提著五十幾萬跟媽媽提親，答應媽媽一定會好好照顧我。

幸福的生活過得特別快，工作賺錢是我跟阿強目前的共同目標，自己對未來充滿希望，希望有自己的孩子，孩子在盼望中終於來臨了，我跟阿強那一晚高興的開香檳慶祝，每天都期盼孩子健康長大，看著自己的肚子一天天大起來，心情也一天天好起來。

阿強每天上班前，一定摸著我的肚子說：「孩子你是爸爸的心肝寶貝，爸爸會更努力工作，努力存錢買棟自己的房子。」孩子出生前一晚，阿強還繼續加班賺錢，我自己一個在醫院待了一天一夜，耗盡全身力氣把孩子生下來，按照例行的檢查，孩子的黃疸指數過高，腦部缺氧過久，需要住院檢查。

我跟阿強抱著頭大哭起來，連隔壁的媽媽都也很心疼，坐月子期間我非常小心照顧孩子，孩子不哭不鬧，阿強發現孩子不對勁，聽不到大人笑聲，我跟阿強的對話愈來愈少，成天到處求神拜佛，到醫院做各種復健，尋求名醫。

阿強希望孩子將來長大天天開心，給孩子取名叫「天天」，我不敢喊苦，爲了減輕阿強的壓力，白天獨自帶孩子做各種復健，盡量不讓孩子失去復健機會，我相信孩子一定會好起來。

孩子三歲生日當天，我們全家一起去麥當勞慶祝，順道穿過馬路到公園散步，看著孩子高興的樣子，內心很開心，孩子還會摸著爸爸的臉，用小手幫爸爸擦汗，孩子獨自一個人去溜滑梯，爸爸遠遠看見孩子動作比別人慢，突然一個小男生推了兒子一把，阿強快步跑向前抱起孩子，跟孩子說我們去媽媽那吃薯條，孩子開心的說好，似乎不在乎受委屈。

隔壁有個賣帽子的阿婆說：「先生幫孩子買頂帽子吧！這裡有大人小孩子的各式帽子。」阿強拉起孩子的手，幫孩子選一頂棒球帽，跟孩子說：「今天是你生日，爸爸送你一頂帽子，希望這頂帽子陪你長大。」爸爸也買一頂跟孩子一模一樣的帽子，父子帶同樣帽子。我在旁邊看，內心感動起來，孩子扶著頭上的帽子，內心高興的左跳右晃。

那天夜裡，阿強說公司要派他去外地工作一個星期，給我一萬元生活費，內心浮出一個不吉利的畫面，阿強要落跑嗎？

到現在，阿強已經離家半年了，我內心靠著一個念頭支撐，阿強壓力太大了，暫時到國外旅行，一定會回來找我們母子，我要活下去，不可以丟下兒子不管，當一天母親就該盡一天母親的責任，我會做到的。

為了節省開支，開始尋找社會資源，我帶著孩子到遊民聚集區，學習如何找到吃的東西，跟著大家到物資銀行領取即期商品，回家把先生的衣物製造成孩子的尿片，讓阿強也盡一點父親的責任。

一面剪著衣服，一面回憶起阿強的優點是孝順，阿強每次帶我到滷肉飯店時，一定會說：「這是我爸最喜歡帶我來的店，我第一次吃滷肉飯也是跟爸爸去吃的，走到冰店會回憶跟媽媽來冰店的樂趣。」我相阿強是孝順的人，而孝順的人一定會是負責任的人。我等著他回來找我們母子。

有時很想放棄時，會想把孩子丟給媽媽，但想到媽媽也過的很辛苦，看到媽媽手滿

滿的厚繭，彎著腰駝著背，還爲生活努力，這個念頭就打消了，孩子現在是我的精神寄託，是我活下去的目的，孩子是上天給我最棒的禮物。

我到處找工作，走累了就到廟裡休息，喝喝水上個廁所，慢慢整理好心情跟神明說說話，相信神會給我信心，轉頭跟兒子說：「爸爸只是出國工作，媽媽一定會陪你長大，兒子快來跟神明行個禮。」

連續三天的失敗，我還是繼續努力逢人就打聽，廟裡有位掃地阿姨主動跟我說：「前面不遠處有一間檳榔攤要頂讓，你頂下來可以做個小生意，還可以把孩子帶在身邊。」摸摸自己口袋，沒錢怎麼能頂讓成功，沒有朋友、親人在身邊，只好去找遊民們幫忙，有個大哥幫我募資，一星期募到一萬元，再把先生送我的結婚戒指賣掉，湊到三萬元，頂下這個攤位。

開張第一天，我帶著感恩的心，跟自己說：「再辛苦都得培養自己的孩子，感謝媽媽教我一手包檳榔的手藝，感謝好多貴人的援助，感謝好心的資源回收中心提供我們母子一個小窩，讓我跟孩子免於流落街頭。」牆壁貼著感恩的詞句：「吃水不忘挖井人，前人栽樹後人乘涼。」

我一面包著檳榔，一面背〈心經〉，發現天天會靜下聽，自己突然想教孩子背心經，練習說話能力，還得教孩子穿衣自理生活，每個動作都得教上數十遍，每次都被孩子的緩慢，急得想大哭，又怕嚇到孩子，每次想放棄時，都會想到一句話，我這當媽的都不教他，誰會教他？於是心又振作起來。

孩子很貼心，從不問爸爸爲何不要我們，背誦不好時會主動到神佛前懺悔，會主動幫忙找錢給客人，每次都找對，我開始教孩子認數字，他還會跟司機大哥說：「叔叔我很乖，會背〈心經〉，我背給你聽好嗎？」孩子總是帶著爸爸送他的棒球帽。

孩子上國中時，有位老師發現孩子有背誦〈心經〉的天分，於是教他用朗誦的方式吟唱，替他編詞，利用課餘教他上臺技巧，孩子找到自己的興趣，終於克服「口吃」的缺點。師生每次想放棄時，孩子會抱頭痛哭，老師送給孩子一句話：「忘掉失敗，不過要牢記失敗中的教訓。」終於等到一個表演機會，在全校前面跟國樂團一起吟唱〈心經〉，找到自信心和認同感。

經過媒體報導，有位法師願意收天天這孩子當徒弟，跟在身邊當神的代言人，成了廟方的有給職人員，每次聽不懂師父傳授術語時，天天會背誦〈心經〉跟自己對話，苦練三年終於當上「乩童」這神職，每次當「乩童」時一定會戴上他的棒球帽，希望爸爸有機會認出他。

廟裡國樂團練習時，他常跟一位叫春天的小姐一起研究，思考如何把吟唱跟國樂配合的更融洽，慢慢這兩個人變成談得來的好朋友，有共同的宗教信仰，春天小姐很會摺蓮花，我也喜歡摺蓮花，漸漸也跟我變成好朋友。

時間眞快，孩子十八歲生日當天，我把店門關起來，貼上公休，想爲孩子慶生順便請春天小姐一起吃飯，吃到一半時，接到一通電話，說互助會被倒了，買房子的錢全沒了，我當場暈倒在地，孩子把我送到醫院，醫生說要住院觀察，我醒來抱著孩子說：「媽媽買房子的夢碎了，我們怎麼辦？」

這時候阿強回來了，他知道我住院，請求春天小姐帶他到醫院跟我懺悔，怕我不接納他，自己不敢獨自前往，春天小姐帶著阿強來到病房，看著躺在病床的我，和坐在旁邊的兒子。

阿強說：「我找妳們很久了，只是不敢認妳們，知道妳生病住院，我想趁此機會跟妳說聲抱歉，自從丟下了妳們，上船工作賺錢，每天對著大海懺悔，看著浪花一朵朵往我身邊衝過來，當一個落跑爸爸，存了三年的錢後離開船公司，回頭卻找不到你們，就一間一間廟去問，一面開車賺錢，剛好認識春天小姐，才有機會再找到妳們，感謝神明的幫忙，我努力賺錢，也存了三百多萬，想幫妳和兒子買個房子，請妳們原諒我。」

轉頭跟兒子說：「爸爸認出你的棒頭帽，感謝孩子你一直戴著它，爸爸才有機會跟你重逢，請你原諒我這個不盡責的爸爸，也感謝春天小姐肯帶我來，謝謝她的幫忙。」

四個人在病房哭成一團，感謝上天，後來我們在郊區買了一棟房子，阿強繼續當司機，兒子也和春天結婚，有了他們自己的事業，很感謝神明幫忙，當年沒放棄，才能一家團圓。

七、婆媳之間的愛

那天早上特別冷，冷風吹的我打個寒顫，不自覺多穿一件外套，要去南投幫長輩捻香，結個善緣，祝福長輩一路好走。找出素色衣服，身上裝個紅包袋，外加一個白包，騎上小綿羊機車上路，繞著外環道，看著大車小車擦身過，按著手中地圖，左轉右轉，又上天橋，帶著遊山玩水的心情，進入一條直直的綠園道，左右的枝葉茂盛，眼睛欣賞秋葉飄落的「生命軌道」，不想留下遺憾，便停下來拍個照，奇景突生變化，怎麼左邊下起雨來，右邊是個大晴天，像極了月亮的圓缺、太極的乾坤。

進入喪家，看到同事的傷悲，看見家屬的無奈，跟著傷感起來，摺了三朵蓮花，祝福長者一路好走，送上白包，靜悄悄地離開喪家，把難過隨身帶走，跨上自己的機車。放下緊張的心情，找個舒適的地方，來放鬆身心靈。

左邊拍個照，右邊看一下，小心繞過人群，進入一條無底巷內，停下腳步定神一看，是間復合式餐廳，旁邊是間漂亮民宿。

光看大門就被一股民俗風吸引住，古銅色大門，古色古香的二樓木造建築，牆上掛著竹子編的銅鈴噹，搖著風聲。進入餐廳大門，選了靠窗的單人桌，往窗臺一看，有排肉質小盆栽，讓我想伸出手摸它一下，讚嘆它的生命力。遠遠看到一位小小個子的服務生，朝我對面走過來，身體微胖，似曾相識……服務生將一份排骨套餐輕輕放下，一面說：「湯等下送過來，請慢用。」一個轉身，服務生似乎瞄到我一身藍色牛仔褲，挨近我身邊，小聲的詢問：「您是我高中老師嗎？」

我說：「我不認識您，妳能說說，老師當年的嗜好。」服務生名叫小乖，她說：「我永遠記得，您喜歡講哲學，喜歡幫人算命，手上永遠握著一杯咖啡。」我快速站起來說：「妳答對了，對不起我忘記妳叫什麼名字，老師今天是去南投幫一位長輩捻香，看看竹山風情換換心情。」

「老師您慢用，我去跟婆婆說聲，請婆婆見見老師。」隔一會兒，小乖的婆婆端杯咖啡，慢慢朝我走過來，一面放下咖啡一面行九十度鞠恭：「老師，我跟您說，我媳婦非常能幹，一個人兼兩份工作，感謝媳婦爲這個家的努力，我們才能住這麼舒適的新家。等一下參觀我們的民宿，裡面的設計都是我媳婦包辦的，我只幫忙做些勞力活，老師您眞的很會教，您慢用，我去插花了。」

我說：「妳可以說說跟婆婆的關係嗎？」

小乖說：「老師，眞的是一番心境轉折，才有今天的和諧，以下是我的故事，跟老師分享，給我一些建議。我先生的職業是開計程車，兼做帶外國客人參觀竹山一日遊，收入不錯，婆婆種菜賣菜，我在安親班工作，女兒念小學，一家四口和樂融融。

但是先生的一場意外車禍，把整個家的作息弄亂，我常常爲小事跟先生吵架，壓力大到極點，跟先生吵架不算，還跟孩子嘮叨，婆婆看在眼裡，只有嘆息。我婆婆跟我商量，請我在外兼一份打工的工作，貼補家用。我一聽，大哭大鬧，把自己關在房間，沒一技之長，到哪裡找工作？早上起床看著滿屋子衣服未洗，原來先生在廚房幫女兒做早餐，女兒看見媽媽在生氣，拿出一本〈心經〉，跟我說：『媽媽我去工作，換你在家好嗎？』每晚念經，內心轉爲平靜，漸漸忘記這些煩惱與不安，擔心先生先走，丟下我們。看到書上一句話：『活著就有希望。』心念轉，明天去超商打工吧！

每天從安親班下班，急著到超商打工，看到人群進進出出、家庭主婦幫小孩買便當、小孩自己買麵包上補習班，自己此時此刻享受超商的冷氣，不用擔心孩子晚餐，不用操心孩子接送問題，打工賺錢是一種壓力紓解。

回家看到飯桌上已經沖好的咖啡，婆婆送來一聲辛苦了，女兒來個愛的抱抱，一天的辛勞，此時此刻全都忘光光。

現在終於體會婆婆的用心，婆婆把我當女兒看待：

一、婆婆幫我帶小孩，讓我無後顧之憂，有時間培養嗜好、烘培美食，圓個美夢。
二、感謝婆婆送我一個有責任感的先生。
三、婆婆常誇讚我讓自己感受愛的溫暖。
四、婆婆知道我喜歡竹子那種空就是美的感覺，種了一些竹子，感受生命的再生

力，體會活著真好。

五、最感謝婆婆要我去超商打工，讓我打開心胸接納現實，放下心中的不滿，沒讓憂鬱症找上我。

聽完小乖的故事，內心很感動，祝福他們平安喜樂，生活幸福美滿，帶著滿滿的愛回家，繼續跟人分享愛的故事。

八、加麵，不用錢

小鳳來電：「老師您今天在家嗎？我想送盒月餅到您家，我一直記得您喜歡吃臺式月餅，順便跟您分享自己的小故事。」

廟旁有一家麵店貼著大大的看板寫著「加麵，不用錢」。我的恩師老老闆，身材微胖，人人稱他阿忍老闆，留著短頭髮配上長串的白鬍子，穿著白布衫，圍著自製黑色圍裙，臉上總是帶著笑容，最喜歡跟客人互動。

恩師常常說：「回憶是件痛苦的事，但是熬過去的勇氣會轉化成新的力量，而那股力量會帶你大步往前邁進。」聽完他的自敘，我難過很久，也深深感覺活著就是件幸福的事。

恩師十八歲時跟哥哥隨國軍逃到臺灣，哥哥比較幸運，爭取到一個公職工作，留在臺北成家立業，一路順風。恩師則到臺中，租個小房子，門前放個小麵攤，賺些錢養活自己，中午做資源回收，讓日子好過些，讓日子忙些，忘掉老家的鄉愁，有時想到他的爸媽不知道過得如何，常整晚徹夜失眠。

哥哥鼓勵恩師早點結婚，找個伴共同生活，有個家，內心才會踏實，恩師開始認真經營自己的麵攤，全年無休的拼命。

努力三年，好不容找到一位外籍新娘，起初的一年非常快樂，沒想到，一年後自己的太太卻跟外人跑了，還帶走所有積蓄，禍不單行的是大哥這時發生了嚴重車禍，搶救無效離開人世，大嫂因爲想賺錢養家，急亂投資失敗而慘賠，侄兒要上大學繳不出學費，這些事情接二連三的發生，讓恩師一夜之間頭髮全白。

靠著宗教信仰，找到心靈寄託，選擇放下，選擇繼續經營麵攤生意，努力賺錢幫侄兒的教育費用，把侄兒當自己的兒子，把大嫂當自己的大哥，悉心照顧他們。

麵攤重新開幕，客人都知道恩師的狀況，想幫忙他的侄兒存些教育費，老顧客自動口而相傳，加上媒體的報導，經常有人自願排隊等著吃麵，麵店生意突然多出三成，恩師想找個幫手，給別人一些賺錢機會，藉機也可以把手藝傳下去。

恩師整天碗洗個不停，休息的時間愈來愈少，但看到客人專程來吃麵，聽到客人的讚美，每一天都幸福，笑容愈來愈多。

某天天氣很冷，遠方角落裡，有幾位媽媽和小孩，由於爸爸的公司好幾個月無支付薪水，所以最近總是有一餐沒一餐的，孩子經過麵攤聞到香氣，都表示好想吃碗湯麵，媽媽摸了一下口袋，只找到幾個銅板，嘆口氣說：「媽媽錢不夠，等爸爸發薪水了，媽媽一定買好幾碗湯麵給你們。」媽媽的內心除了難過，也恨自己無能，沒法給孩子一頓溫暖的晚餐。

兒子說：「媽媽，我們可以拜託老闆，算我們便宜，我們合吃一碗。」一進門，小小聲說：「老闆我們要吃麵，我只要一碗湯麵就好，可以給我們多點湯好嗎？謝謝老闆。」

恩師老闆說：「好的，我馬上去煮麵，你們一定很冷，湯麵馬上送過來。」湯麵一上桌子，還冒著熱氣，孩子們拍手說：「好香的麵！」很快的，一碗湯麵就被吃完了，孩子們說：「媽媽沒吃。」媽媽說她不餓，這時老闆端來另一碗麵，並說本店今天特別招待，你們慢慢吃。

轉頭回到麵攤前，用毛巾抹一把臉，轉身把手上的麵勺子放入麵鍋，擦擦手上汗水，再抬頭看著遠方，想起從前種種，滿臉思愁，想起遠方的爸媽。

雖然內心對老闆不好意思，但媽媽有自己的尊嚴，再餓也一口都沒吃，之後孩子們眞的太餓了，一個禮拜有好幾次，媽媽和這幾個孩子都會來麵攤吃麵，依然只點一碗湯麵，媽媽依然一口都沒吃。

孩子們常說：「阿公，這個湯眞是全天下最好喝的。」

老闆笑著說：「阿公喜歡看你們吃麵的樣子，好像阿公的麵非常好吃，記得下次再來吃麵，阿公喜歡你們來吃麵，好嗎？」

老闆爲了讓這家人能安心吃麵，想出一個解決策略，「加麵幾次通通免錢」，如此可讓我們這家人既可以吃飽又有尊嚴，老闆用紅紙將這幾個字，壓在桌墊下面。

某天天氣颱風又下著小雨，這家人又來店裡，依然只點一碗湯麵，這家人選了一張離老闆很近的桌子。

大兒子說：「阿公！我們還是只點一碗湯麵。」

這時小兒子說：「媽媽您來看阿公寫的字，上面寫著加麵幾次通通免錢。」講完後馬上跑到老闆身邊。

小兒子說：「阿公這是眞的嗎？眞的不要加錢，加幾次都不要錢嗎？」

這天他們依舊只點一碗湯麵，兄弟倆快速把麵吃完，拿碗去阿公那加麵，連續加三次，「阿公！謝謝您了，今天媽媽終於吃到阿公煮的湯麵，今天我們兄弟看到媽媽吃麵，終於放下心中大石頭，以前都是媽媽看我們兄弟吃麵，常常內心自責不已，今天大家都開心，阿公謝謝您！」

老闆說：「加麵幾次通通免錢，只要你們喜歡吃，可以無限次數。」

大兒子偷偷跑到老老闆前面說：「阿公！我明天可以到您家麵攤打工嗎？我家爸爸離家出走了，逃家躲債主，房子還債還不夠，我們的房子不見了，這個月已經搬到慈濟回收站暫住。」

老闆一面煮麵，一面聽小孩子敘述，一面趁機會加些滷肉汁，讓孩子吃個夠，轉頭跟大兒子說：「請你們媽媽明天到阿公的麵店上班，晚上你們兩個就到麵店吃晚飯寫功課，這樣可以嗎？」

媽媽默默地聽著，流淚同時，兩腳跪下來跟老闆說聲：「謝謝，我家祖先一定有積功德，我們一家能免於流落街頭，還有您肯讓我有賺錢機會。」孩子抱著阿公直說謝謝。

一晃十五年過去，老闆退休在家念佛、寫書法，麵攤無條件交給媽媽繼續經營，我們母子一起照顧恩師，把老闆當成自己親爸爸，比一家人還要親，感謝老闆把煮麵技術傳給我，讓我有一技之長，成就自己的生存動力。

爲了感謝當年「加麵不用錢」，不管物價如何飛漲，廟旁邊這家麵店，永遠「加麵！不用錢！」

老師，我的故事分享完了，聽說我的恩師是您的易經老師，恩師說您的塔羅牌非常厲害，解牌又準又風趣，改天跟同學一起來看老師。

九、友情

我捧著小琪送我的畫冊，坐在院子裡的藤椅上，打開畫冊一頁一頁翻，翻到一副高山風景畫，內容豐富，意境有禪味，山頂的古廟，腦子圍繞一幕一幕我倆登山，以及跟神佛許願情景，那段友情互動，久久埋藏在內心深處。

小琪和我平時一起上學，我準時從我家三合院大門走出去，經過一條石頭路面的「天空步道」，通過彎彎曲曲的巷道，一面悠閒地走著，一面抬頭看著樹上小鳥飛來飛去，走完這條小巷，來到巷口第一戶小琪家，四周圍牆被茉莉花樹枝圍繞著，花雕鐵門鎖著，我按下門鈴，聽到一陣腳步聲，快速打開大門，我說婆婆早安，一面跟著婆婆往屋內走，一面沉醉在一陣花香中。

小琪媽媽聽見我進屋子，從書房走出來說：「謝謝小芬妳來接我們小琪，小琪還在廚房吃饅頭夾蛋，阿姨幫妳做一份土司夾蛋好嗎？」內心很羨慕小琪，覺得她好幸福，我的早餐是地瓜稀飯配醬瓜。

我喜歡陪小琪上學，一路上可以聽她分享畫畫的樂趣和技巧。小琪的身體不好，常常沒有上學，聽別人說，她可能活不到二十歲，但是我從來沒問過她這件事，心裡直想著，只要不說出來，小琪一定會很健康。

有天下課時間，突然有位頑皮同學從後面過來故意撞一下小琪，小琪沒有反擊，我在遠遠的地方看到這一幕，用全身力氣往前跑，跟那位同學理論，一不小心摔倒，跌個四腳朝天，傷得有點嚴重，同學幫忙扶我去醫護室，通知我媽送醫。小琪知道我因為她受傷，下課一路哭著回家，整晚都不說話，連晚餐也沒吃，怪自己軟弱，害我受傷。

不知是這件事的關係還是病情，小琪已經一個月沒來上學了。我開始一個人走路上下學，覺得如果自己沒受傷也許小琪就不會這樣自責，認為體力不夠的我，跟自己說以後每節課下課我要跑運動場十圈，加強自己體能訓練，才能幫助小琪不被同學欺侮。

為轉達老師跟同學的關心，一連五天我都到小琪家拜訪，小琪都不說話，我帶著悶悶不樂的心情離開，回家跟媽媽聊起這件事，聊天過程中，媽媽問我小琪的興趣，想起小琪喜歡畫畫，她的夢想是當一個畫家，我可以請她教我畫畫，試試看這個方法。

隔天我帶著愉快的心情去小琪家，看著滿滿的畫框，我問小琪妳可以教我畫畫嗎？我一面看著牆上的畫，一面問她很多畫畫相關的問題，她一開始不太講話，漸漸地我愈問愈多，看出我對畫畫的興趣，她開始說了很多專業知識，幫助我學習如何繪畫。

那天分開時，我說：「明天可以和妳一起走路上學嗎？」

第二天，小琪人不舒服，並沒有如期出現，但是後來聽小琪媽媽說，從那天起，她又開始用畫畫療癒自己的心，自己也興起一股學畫的興趣，帶著這份學畫畫的喜樂，心情變得愉快多了。

期末考體育老師考跳遠，小琪沒有過關，試了很多次都失敗了，老師請沒過的同學下週補考，規定不可放棄，我看著小琪難過，想再幫小琪忙，跟小琪說：「我們來玩猜拳，你猜輸了，就得聽我的建議。」最後小琪輸了。我說：「明天星期天，你到我家，我們一起在院子玩九宮格，練個幾回，一定能通過體育補考的事，明天見。」小琪說：「可以，我帶畫筆畫板到妳家，把妳家三合院畫下來，或是畫一窩小雞跟母雞的溫馨畫面。」我說：「太好了，妳教我畫畫，我教你跳九宮格，順便在我家吃地瓜稀飯。」

那天早上藍天白雲，院子空氣很新鮮，我在院子先練習九宮格等小琪來，小琪帶著大包小包的工具，面帶笑容出現在我家院子裡，我開始教小琪擺好架式，前幾次都沒成功，最後小琪終於懂了訣竅，站起來再試一遍，一躍就過去了，小琪的期末體育成績也過關了。

開始放暑假了，小琪開始教我畫畫，把我家院子當畫室，教我一些基本功，我用2B鉛筆勾畫，一面用橡皮來回擦，如此反覆練習，雖然基本構造都畫不好，手也弄的很髒，跟小琪的畫也是天壤之別，但我真的畫得很開心。思前想後，這畫畫技巧真是不學可惜，小琪肯教我，又不收我學費，眞是太棒了。學了好一段時間，我每天坐在書桌前一面畫，一面擦，來來回回好多遍，終於有很大的進步。

小琪說：「基本功練好，每天畫就能變成自己的東西，練久了妳也能成爲畫家，願意的話，隨時可以找我幫妳修改。」

有天回家前，小琪媽媽跟我說：「小芬，妳是我女兒的貴人，還幫她找回人生自信心，鼓勵她接近人群，我這裡有三盒完整的色鉛筆，幾本畫冊，妳帶回去慢慢練習畫畫，明天小琪會跟你去後山山頂畫風景，她會教妳一些風景的畫法。」

隔天一早，背著畫板，帶著媽媽幫我們準備的零食，兩個米飯糰、兩根甜甜的地瓜，興高采烈地往後山爬，一面看山景，遊山玩水，一面畫著大自然的美景，還發現山上有間小寺廟，我們一起求神明讓小琪的身體更健康。

我們欣賞大樹被風吹的姿態，樹葉隨風一片片落下，高山的青，花草的綠，大自然的生命眞有活力，享受當下的寧靜，能夠將這樣的美景畫起來感覺眞好！

小琪的身體不好，過了幾年，她們全家移民美國接受最先進的治療。原以爲一定能恢復健康，沒想到幾年之後接到小琪媽媽的來信，寫著最終小琪還是沒有撐過病魔的難關，前年先到天堂了，但是小琪把她最愛的畫畫工具全留給我了。現在的我是個教繪畫的美術老師，繪畫給我帶來無限歡樂，畫出美麗人生，畫出生活點滴，畫畫成爲我除困解憂的好朋友，謝謝我的好姊妹，小琪。

十、祖孫情誼

還記得十年前小傑來我家，還只是個五歲小孩。

我們夫妻兩個是退休老人，住在南投鄉下一棟木造的房子裡，巷子很幽靜，還好有兩盞路燈可以照明，後山一片大草原幾棵大樹，旁邊有一座土地公廟，是村民的信仰中心，四季分明，草地常年綠油油，我們兩老靠養羊群維生。

那晚接到女兒的來電說：「爸爸請幫我照顧小傑三年，讓我喘口氣，讓我有活下去的勇氣。」聽完女兒的想法，放下電話，內心一陣酸楚，拒絕的話說不出來，畢竟是自己的女兒，當她需要我們幫忙，我們一定是她最後的堅定力量。

太太看了我一眼，喃喃自語：「女兒現在碰到難題不幫她行嗎？可是小傑那麼小，怕住這裡不習慣，想媽媽時我們怎麼辦？等下我去慈濟回收站要些二手玩具回來，順便到土地公廟拜拜。」轉過頭擦乾眼淚。

早上一起床，看見屋外的兩隻雞和一隻鵝在做體操，似乎知道家裡有貴賓要來，順手把一窩雞蛋拿進廚房，看著老伴忙著做早餐，把一杯羊奶放在餐桌上，面帶微笑說：「您吃飽早點趕羊去吃草，今天天氣有點冷，記得帶條圍巾圍脖子，早去早回，女兒今天會來。」

我正要出門工作，女兒開著車進入院子門口，下車一手領著一大包日用品，另一手牽著小傑，轉頭跟小傑說：「跟阿公阿嬤問好，順便跟阿公到山邊放羊吃草，媽媽想跟阿嬤說說話，做中餐給你和阿公吃，要乖喔！」

我手牽著小傑，發現小傑長高了，身體也長壯了，低頭跟小傑說：「等下幫阿公數羊，看總共有幾隻，看小羊會不會跟羊媽媽認路。」小傑認眞的數完，我們祖孫倆找個地方坐下，看著羊群吃草，小傑心突然不安起來，吵著：「媽媽爲何沒來，阿公我們回去好嗎？我想媽媽。」

回程時小傑一路喊媽媽，女兒從屋內出來說：「今天中午我們要在這裡睡午覺，你的小被被已經放在床上了，等下我們可以吃好多好吃的食物。雞蛋炒韭菜、燉雞肉和滷蛋，還有一條魚，香噴噴的白米飯，都是你愛吃的，阿嬤的手藝比媽媽好吃多了！」小傑高興地吃著吃飯，吃著吃著就睡著了，也許是坐車太累了。

女兒抱著小傑進屋，安穩地躺在小傑旁邊，看著小傑睡熟了，起床跟我們告別，哭著說：「爸媽一切就麻煩您們了，我得離開了，您們要幫我好好照顧小傑，謝謝。」

我無心吃午飯，擔心小傑等會找不到媽媽，腦子思索如何照顧小傑，進屋窺看一眼，發現小傑似乎睡得不安穩，不出半小時，小傑坐在床上大哭起來，一手抱著自己的小被被，一手揉眼擦鼻涕，使勁地說：「媽媽不要我了，跳下床快速地抱著我，阿公我要找媽媽，阿公帶我去找好嗎？」

我難過的抱起小傑，慢慢走出大門外，看著路過的鄰居，對著他蒼白的小臉說：「小傑你看，這些羊群都是阿公養的，你幫阿公照顧他們，媽媽最近工作比較忙，過幾天一定會來接你，阿公會好好照顧你。」

阿嬤見我們祖孫進屋，拿著糖果送到小傑口中，一面用毛巾擦乾小傑的眼淚，一面說：「等下跟阿嬤到菜園去拔菜，你可拿鏟子鬆土、玩水、拔菜。」玩著玩著臉上終於有點笑容並說：「阿嬤，我媽媽一定會來接我回家嗎？」我在旁邊馬上回應說：「媽媽最愛小傑了，一定會來接小傑回家。」

小傑晚上不敢自己睡覺，我跟阿嬤想出一些方法，阿嬤抱著小傑唱搖籃曲，我講童話故事，還要一面走動，常常累到自己都想先睡，想放棄時就想到女兒也正在爲她的人生奮鬥，想到女兒平日對我們的照顧，現在正是幫女兒的機會，想著想著就不累了。

三個月後，小傑慢慢習慣了，早上我會帶小傑到後院趕著羊群朝山坡走，大羊會等著小羊，慢慢爬上山坡，羊群快樂找草吃，小傑看著羊群吃草，聽著小鳥叫聲，漸漸喜歡這裡的環境，會跟羊群東西奔跑。一天很快就過去，發現小傑喜歡大自然，跟自己年輕的樣子很像，希望給小傑留下一些在山上的美好回憶，教他觀察小羊的動態，羊群相處模式。

阿嬤在家研發「羊奶饅頭」和「羊奶蛋糕」，讓小孫當零食，雖然一次一次失敗，但一想到小孫子要待在這三年，一定要先滿足他的吃喝，這附近又沒雜貨店，只有自己研發，半年後「羊奶蛋糕」終於成功了，小傑吃得津津有味，是他最愛的下午茶點心。

阿嬤爲了帶小傑進城散散心並擺個攤位，把「羊奶蛋糕」銷售給客人，並教小傑一些待客之道，小傑看阿嬤不敢大聲叫賣，自己則大聲呼喊客人快來買我阿嬤自己做的蛋糕，客人看見小傑的笑容及乖巧常會主動來買，賺到錢就帶小傑到超市買好吃的東西，阿嬤會說只能選一件，買了蛋糕就不能買布丁，買了魚就不買肉，選了就不後悔，小傑學會當機立斷，學會不貪心。

時間過得眞快，一年春夏秋冬過去了，小傑學會擠羊奶，學會跟羊相處，看到阿公帶羊群，看到阿嬤做「羊奶蛋糕」賺錢的辛苦，會畫張圖來表達自己的愛心，阿嬤看到小傑的畫圖天分，買了畫筆送給小傑當生日禮物，讓小傑在山上不用整天發呆，畫些大自然景象，畫著羊群追跑畫面，畫著阿公擠羊奶畫面，最喜歡畫小羊跪著喝奶的樣子，發現小傑眞的很懂事。

小傑六歲生日那天，阿嬤親手做個大蛋糕，請小傑許願：小傑的願望是媽媽早日來接他和祝阿公阿嬤身體健康。

時間一天天過去，我想把羊群賣掉，買部車送小傑到鎮上讀幼兒園，小傑知道後，一直搖頭說：「我喜歡陪阿公到山上放羊群，我喜歡陪奶奶擺攤賣蛋糕，因爲我要代替媽媽照顧您們，謝謝您們照顧我。」

有天發現村莊有一位美術老師，大家都叫她張老師，想請她教我們家小傑畫畫，一開始由於老師的課程太滿，所以沒辦法收小傑爲學生，我每天到土地公廟祈求，並拿著自家的蛋糕，帶著小傑的圖畫到張老師家，請張老師嚐嚐蛋糕的口味，張老師看到小傑的跪羊圖直誇畫的很傳神，最後張老師被我的精神感動，願意指導小傑。

小傑的繪畫愈來愈專業，跟張老師學畫的時間，很快的也兩年過去，我完成女兒交給我的任務，也感謝小傑陪我們度過了三年的愉快生活，小傑帶著依依不捨的心情回到他媽媽的懷抱。

謝謝張老師願意把專業技術傳承給小傑，讓我家小孫成爲一位畫家，終於了解緣分是上輩子修來的，感謝上天。

十一、阿公的捏麵人

我阿嬤家裡永遠有股甜甜的味道，屋子空間很小，一張大大的木板床緊靠著牆角，一張四方桌子離床很近，桌上永遠放著一個大碗罩，裡面放著當天要吃的食物，另一個角落是廚房廁所浴室，牆上有一個大窗戶，晚上有機會看到天空的小星星，白天可以讓太陽光照進來，如此阿公可以預計今天的生意狀況。

家裡最晚起床的人通常是我，睡到自然醒，一睡醒就聽到阿嬤的聲音：「阿福乖孫，阿嬤帶你洗臉刷牙，吃早餐，今天有你最喜歡的水煮蛋。」我會高興的翻個身，慢慢移動身體到床邊，再一個轉身雙腳就著地了，伸出雙手讓阿嬤抱抱，阿嬤快速地放下碗筷，抱起我的身體輕聲地問：「手還痛嗎？我才低頭看著阿嬤昨晚幫我抹著醬油的左手說：「阿嬤，昨晚我不小心把一鍋熱稀飯打翻害阿公沒飯好吃，對不起。

阿嬤轉過頭偷偷擦乾眼淚說：「阿公已經出門做生意了，還留一根糖葫蘆，和一顆水煮蛋給你吃，吃完我們一起到外面小院子摘高麗菜。」

我不喜歡包尿布，尿布讓我走路不舒服，阿嬤卻說要包尿布，因爲我夜裡會尿床，我好喜歡看著小狗站著尿尿，也學著阿公站著尿尿，可是都學不會，阿公常跟我說：

「如果我會到馬桶自動尿尿，就不用再買尿片了。」阿嬤會偷偷地躲起來哭，自言自語說：「我都不會教阿孫尿尿。」

好奇怪，第二天我自動跑到外面跟小狗說：「我等下要自動到廁所尿尿，我叫阿嬤過來看。」阿嬤臉上堆滿笑容，看著我說：「我阿孫最聰明，跟阿嬤到院子拔高麗菜，順便把外面枯的菜葉子一片片剝下來，等一下我們把這些高麗菜送到市場賣，然後再跟阿嬤去『文昌帝君』廟拜拜，因爲你下個月就要上國小一年級。」

一面賣菜，一面喊著買一送一，菜很快就賣完了，高興地說要拿這著些錢去買芹菜，一把蔥，牽著我說：「我們快點去『文昌帝君廟』拜拜，今天是初一廟裡會很多人。」一進廟門看到人山人海的年輕大哥大姐也帶跟阿嬤一樣的菜，阿嬤要我跪著拜拜，我看著阿嬤一直點頭跟菩薩說話，我們最早進去，最晚出廟門，我問阿嬤說：「爲何不拜糖果呢？阿嬤小聲說：「芹菜代表菩薩保佑你會勤勞上學，蔥代表菩薩保佑你聰明聽老師的話，今晚我們把這些菜和一些香菇炒一道合菜，讓你變得更聰明，喜歡上學。」

晚上阿公回來，一進門，一面叫著阿福阿孫呀，我用小跑步迎接阿公：「阿公今天有留捏麵人給我嗎？」站在後面的阿嬤跟阿公小聲說些我聽不懂的大人話語，隨後拿起茶壺猛灌水，似乎很累的樣子。

阿公抱起我來說：「明天開始你跟阿公出門做生意，阿公一面做生意，一面教你說國語，白天你阿嬤要跟回收站那些大人學習注音符號，晚上回來再教你，不然你上小學會很辛苦，因爲你沒上過幼兒園。」

在甜甜的香味醒來，起床先摸摸床上是不是有濕，怕自己尿床，坐在床上欣賞阿公製作糖葫蘆的動作，一枝一枝糖葫蘆就插在一個稻草直桿上端，阿嬤幫阿公燒開水，讓阿公製作麵糰，放在小攤車上面，阿公要我幫忙推著小車出門做生意了，一路阿公會說捏麵人的故事。

阿公一路都面帶微笑跟路人問好，要求我跟著說叔叔阿姨好，奇妙的事情就發生了，半路會有客人買糖葫蘆，我會用國語說謝謝叔叔，阿公會把小攤停在大榕樹下面，隨手做起捏麵人，一面做捏麵人一面說故事，不一會兒客人就排成一條長長的隊伍，阿公微笑說：「謝謝大家捧場，這些捏麵人可拜神，也可以預約訂作。」就這樣忙碌快樂的過了一個暑假。

國小上學第一天，我阿公陪我去，教我認識學校環境，教我認路，下午阿嬤接我回家，我還是很緊張，很多字不會寫，被老師留下來，阿公常常到學校跟老師道歉，回家幫我製作「點字練習簿」讓我練習，阿嬤爲了我的注音符號，到慈濟回收站當志工，跟師兄姐一起學注音符號。

一天在學校，受不了同學的恥笑，罵我是沒爹娘的野孩子，兩個人爭吵起來了，從窗戶逃出校園，在街上遊蕩，走著走著，遠遠看阿公在賣糖葫蘆，好久好久沒半個客

人，內心難過起來，摸著肚子咕嚕咕嚕，走到一家麵包店前，站著看，口水一直留下來，還是忍不住飢餓，就偷了一塊麵包，才走出店門，就被老闆逮住，我一聽警察要來，就嚇昏過去，醒來時，阿公一直跟警察叔叔道歉說：「警察大人，我阿孫從小沒父母教養，是我不好，沒把他教好，我給您跪下，不要把我阿孫關起來，我會把他教好。」阿公大哭起來，麵包店老闆總算放過我，警察叔叔跟阿公說：「請帶回家好好管。」

回到家裡阿公沒罵我，一直自責的說：「阿孫你不喜歡念書就跟阿公學捏麵人，有一技之長將來也可以生活。」我抬頭問阿公：「我考最後一名怎麼辦？」阿公說：「最後一名，也有成功機會，只要你肯努力不放棄，將來還是會成功，況且你有美術天分，也很會做事，明天開始學習揉麵比例，練習作捏麵人步驟。」

當年我才十歲，連麵粉、糯米粉都弄不清楚，阿公一遍一遍讓我練習做，第一次跟阿公到街上賣糖葫蘆，內心很興奮，終於可以跟阿公在街頭製作捏麵人，還可以聽阿公講捏麵人的故事，阿公說得一口流利國語配合動作，很多客人看得直直拍手，我站在旁邊的小板凳負責收錢，我用國語跟客人點頭說謝謝。下午我不上課時，阿公帶我接觸大自然並留意觀看：

一、蝴蝶飛的樣子和造型。

二、蚯蚓有鑽地的本領。

三、小蝸牛一出生身體就有笨笨的殼。

四、看小鳥跟母鳥一起補抓幼蟲的過程。

阿公教會我感恩，教會我生命的價值，慢慢了解阿公是訓練我做捏麵人的造型設計。時間眞快，我決定國中畢業就不再升學，阿公爲此傷透腦筋，四處求神問佛，還到文昌帝君廟拜拜，我九年級導師跟阿公說：「阿福不一定要升學，可以跟阿公學習捏麵人技術，行行出狀元，將來可以靠這個賺錢。」

阿公帶著「行行出狀元」這句話，回家跟阿嬤說：「我贊成阿福的決定，我會把一身功夫傳給我阿孫。」

阿公的手藝是一流的，每個造型的步驟，阿公都會一一分解，我每次想放棄時，阿公一定會跟我說：「阿福你一定能學好，我家阿福將來是最棒的捏麵人師傅。」

廟會前一個月，有位師姐向阿公訂了一些十全十美捏麵人作爲供品，外加特殊壽桃造型一百個，阿公跟我說：「這是個好機會，我們祖孫聯手做出一百種造型不同的壽桃，這兩個星期我們不外出做生意，在家專心研究，如果成功了，也許可以開個小店，接受預約，這個夢想阿公放在內心深處二十年了，阿孫你可以幫阿公圓夢嗎？」

我開始到圖書館找資料，才發現太多字我不認識，看起來很吃力，還好我的記憶力超強，左右手都能用，圖片的造型畫不出來就強記，修改後變成自己的創新，阿嬤不斷改良麵粉材料，三個人聯手試作多次都不成功，壽桃造型很醜，一次次失敗，阿公說：

「阿孫你去和我的大師兄學習，我的大師兄非常厲害，請大師兄當你的師傅，那一個星期天天都被阿公的大師兄罵，眞的很想放棄，阿公就提著水果來跟師伯道歉，我那個月也跟我師傅道歉超過一百次，經過兩個星期的學習，我回去跟阿公繼續研發，終於在廟會前製作完成。」

廟會當天，阿公一直站在壽桃旁邊，跟觀看的信眾分享製作過程，阿公用嘹亮的聲音分享快樂的心情，打開阿公的知名度，接著生意愈來愈好，每到節日訂單接到手軟，收入的百分之一捐給廟宇做功德款，五年後阿公的雜貨店開張了，我也出師了。

我負責接訂單，變化造型，阿公負責製作，阿嬤負責招呼客人聊天，我也進入一間補校繼續完成高中學歷，我終於可以創業了，感謝阿公和師傅的栽培，感謝阿嬤的照顧，感謝老師的鼓勵「行行出狀元」，三個人守著一間很溫暖的雜貨店，內心除了感謝還是感謝。

十二、失業男

那年我四十歲，某天接到弟弟的來電說：「爸爸病倒了，急需一個人在旁照顧，現在只有哥你最適合辭掉工作，回老家照顧老爸。」

老闆極力勸我，選擇甚麼都可以，不可以選擇「不工作」，回家照顧老爸，將來你會後悔，無法重回職場工作，到時候老了沒錢生活，連未來都賠上去。

我說：「孝順這件事不能等，弟弟們都有自己的家，需要他們照顧，只有我最適合辭職回老家。」

失業在家照顧老爸這幾年，親朋好友總以異樣眼光問東問西，加上弟弟們沒提生活費如何分擔，爸爸也沒留存款，開始擔心自己的存款還能撐多久，內心開始恐慌起來，兄弟的聯絡愈來愈少。

每天一早必須把爸爸從床上抱起來往輪椅上放，還好爸爸體重比我輕，推著輪椅往床邊放，輪椅先固定好，再雙手抱起爸爸，放入輪椅，自己已經滿身是汗，這些事對我而言並不容易，需要專業知識跟技巧訓練。

一整天生活雜務、調理三餐營養、陪伴就醫、扶走訓練、隨侍左右，不時接受老爸的情緒嘮叨，這些都讓我們父子關係緊張，有時一整天都沒法好好吃頓飯。

有次剛完端茶送飯，翻身洗澡，捶背的工作，卻聽到爸爸輕聲抱怨：「還是你弟弟照顧的比較好。」這樣的話語雖是無心的，但卻讓人難過萬分，可以理解爸爸的壓力，但是自己也撐不下去了。

爸爸的體力愈來愈差，但嚷嚷聲沒間斷，依賴我的時間愈來愈多，經常半夜掛急診，從沒得到爸爸的鼓勵，凡事一身扛，每天的工作如此繁重，想請弟弟來分擔一點工作，但他們的答案都是沒空，這是哥哥的責任，常常陷入絕望情況，眞想一走了之。

雖然知道爸爸很需要我，但是自己不滿的事情卻是愈來愈多，擔心自己比爸爸早走，金錢壓力與弟弟的無情，看不到希望的未來，這些都一再的打擊我，人情冷暖更體會照顧需要不只是孝順而是更多的金錢和人力，照顧幾年下來，和爸爸的感情漸漸產生裂痕，惡性循環下，自己的精神也瀕臨崩潰，會懷疑自己終日陪伴在爸爸病床邊，對自公平嗎？怨恨弟弟不幫忙是對的嗎？一連串自我懷疑下，最後自己得了憂鬱症。

一個寒冬夜裡，室內的燈很溫暖，我餵爸爸最喜歡的鮮魚粥，這天爸爸的心情難得很好，他說：「謝謝你這幾年的細心照顧，想跟你說聲謝謝，來生換我當你的小孩好嗎？」我第一次聽爸爸說謝謝我，眼淚不爭氣的流下來，幾天後，爸爸安詳的走了，我整個人崩潰了，也很想跟著離開。

靠著意志力辦完爸爸的喪事，賣掉老宅、付清喪葬費，分到三分之一的遺產，感謝爸爸留些錢給我，雖然不多，但也覺得自己盡力就問心無愧，這時只想好好睡個覺，所有的事明天再想。

一睡醒來，大哭一場後，還是很思念爸爸，天天到爸爸的牌位前說話，整整一個月都準時報到，廟裡一位師兄對我說：「放下吧！跟爸爸說：『來生再續父子緣。』」看著爸爸的遺照，心中也釋懷了，跟爸許願自己會好好活下去，積極安排自己的後半生，把從前的生活態度找回來，學會放下恩怨，學會不跟弟弟計較，還有最重要是重回職場。

五十幾歲的自己和社會脫節太久，無一技之長要選擇甚麼樣的工作？轉念一想，還好有爸爸留下的錢，讓自己不至於流落街頭，也慶幸當初自己的選擇，照顧爸爸那幾年，我學到照顧病人的技巧、推輪椅的訣竅，也許可以選擇看護或清潔之類的工作。

慢慢走回人群，參加「銀髮族課程」及一些免費講座，認識一些好朋友，雖然有半年左右找不到正職，可能是年紀太大或者運氣不好，但一直努力的我終於找到一份醫院的臨時清潔工。

這份工作需要通過四個小時的 CPR 訓練，取得相關證照，還得會分辨垃圾袋的顏色，一般性和感染性不同，並要會處理病人的嘔吐物，安全放置防滑警告牌，手套、口罩隨時要戴好，掃地也有學問，小心處理化學藥物……這些工作都要努力學習及懂得適時發問，一開始無法忍受化學藥品味道，怕客人投訴，怕遇到熟人異樣眼光，不過身段放下後，就比較習慣且開始對這份工作充滿敬意，因為這是為了大家服務，最喜歡聽到客人說：「你們辛苦了。」內心升起一股榮譽感，清潔是一份神聖工作，找到自己的生存的動力。

這是離職十五年後重回職場，好朋友都替我開心，到爸爸牌位前跟爸爸說：「我找到職業了，可以養活自己，請爸爸放心，我一定會繼續努力，幫助更多的人。」

領到第一個月薪水那天，心情五味雜陳，除了感恩上天給我一個好身體能努力工作，也感恩爸爸在世時，常跟我提的一些人生觀，他常告訴我，每天都要帶著好心情，用微笑的面孔跟同事打招呼，這些都幫助我能和同事好好相處，現在只要有空就往廟宇跑，跟爸爸牌位的遺像說話，原來快樂很簡單，放下執著就能找到，內心深處終於跟爸爸和解了。

醫院的清潔團隊精神非常棒，團員們非常關心我的未來，建議我參加相關證照考試，資格只要高中畢業，學科可以多讀考古題，術科可以參加訓練班了解如何操作，由於單身的關係，我都最晚下班，長官看我努力，會抽空教我一些讀書技巧，並幫我買簡章，指導術科的操作技巧，連續考了五次，終於成功拿到證照並獲得加薪。

拿到證照後，我可以和朋友一起接居家清潔工作，由於這是按件計酬，客戶累積也是透過口而相傳，口碑好就會有更多家庭找我們幫忙，主要工作是打掃房間、浴室、廚房、客廳、陽臺，看到客戶的家變乾淨了，有很大的成就感，領到錢也讓生活更有保障，獲得客人的信任，是我們很大的工作動力。

幾個好友現在組了一間小公司，印好我們的名片，每天工作都拿出最高標準，將客戶的家變乾淨，得到客人的讚許，認眞經營這個區塊。當沒有物件要忙時，我們會騎著機車，頂著大太陽，到處開發新客戶，努力工作並存錢，做滿三年後，也用頭期款買間小套房，休假日會到各地當志工，幫助需要幫助的人，希望社會更美好。

十三、總有天亮的時候

一個寒冷的冬天。

我摸著咕咕叫的肚子，已經三天都是喝自來水過日子，晚上到遊民聚集區找些溫暖，白天很幸運的，跟一些大人走到十公里外的愛心站吃一頓豐盛餐果腹，似乎忘記吃的滋味。

走著走著，看著天空要下雨，心想雨來的正是時候，可以藉此清洗一下自己的長髮，淋個痛快，然後帶著濕答答的身體走進公園涼亭躲雨，讓風吹乾自己的一身濕氣，這時剛好看到對面一對母子也在躲雨，媽媽拿著手中麵包，一口一口餵著輪椅的小女孩，我的胃酸一陣串起來，口中唾液不斷流出來，快速的挽起袖子擦一擦嘴角，順勢轉個臉朝遠方看，眼角一陣泛紅。

小女孩說：「媽媽我們還有一個麵包，可以分給這位叔叔吃嗎？」我吃飽了，媽媽說：「好孩子，我們拿一個麵包送叔叔吃。」隨手遞過來說：「這個麵包送你吃，我這裡還有一百元，拿去理個髮，先找工作養活自己，度過現在的難關，阿姨相信你將來一定能成爲一位大老闆。」

走出涼亭，內心的一股溫暖讓胸突然挺直了，看著手上的一百元，內心猶豫要去理髮還是繼續當遊民、接受外人的施捨，一面抓頭沉思，一面回頭跟那位母子揮揮手說：「謝謝，我會去理髮。」

盯著麵包看，捨不得吃，坐在公園的長板凳上，忍不住飢餓，快速啃著麵包，隨手把錢放入口袋，用珍惜的口吻跟自己說：「今天是美麗的一天，我一定要去理個髮，改頭換面。」突然腳步輕鬆起來。

進入理髮廳，探頭尋找老闆，一看是位頭髮灰白，滿臉慈祥的老人，他對我說：「少年請坐，我幫你修剪一下，等下就會變成帥哥了。」老闆說你要不要先照鏡子看現在的樣子？老闆一面端詳我的臉型，一面拿起剔刀磨一下，跟我噓寒問暖說個故事：「這條街有位賣花小女生，年紀跟你差不多，一個人靠賣花就養活一家人，等下聞聞鏡子邊這玉蘭花香不香，這是那小女生剛才送過來的。」十分鐘後，老闆說：「帥哥理好了，今天客人少，讓我幫你洗一洗頭。」我往鏡子一看，好秀氣的一張臉，淡淡的眉毛，明亮的大眼睛，厚厚的嘴巴，小小的耳朵，把一張臉襯托出很有精神的樣子。

我雙手從褲子口袋掏出皺皺的一百元，跟老闆說：「我好久沒照鏡子了，今天讓我看到自己的長相，謝謝您給我希望。」老闆說：「我從前也困難過，今天不收你理髮費，『把愛傳出去』這張卡片送妳。」並指著牆上掛的一排衣服說：「你可以選一套拿回去，這些都是客人樂捐的。」走出店門，太陽還掛在天空，天氣雖冷，但是心是暖活的，今晚決定不再回遊民聚集區，明天一早我要找工作。

一早用身上的一百元買個五元饅頭，收到一聲謝謝，內心一股感動昇起，跟自己說：「今天是個幸運日，我要努力找到工作。」抬頭看到「春風自助餐」的廣告牌：「徵洗碗一名。」試試看的念頭出現，跟老闆說：「我要應徵。」老闆丟出一句話：「你會嗎？」我說：「我會，我家的碗都是我洗的，我還會拖地，整理環境等。」

老闆最後看我一眼說：「年輕人，這工作不輕鬆，薪水很低，如果你願意試試看，明天就來上班。」我說謝謝，明天會準時來上班，我高興大步跨出店門，還不時回頭看那張徵人海報，內心的正能量升起，忘掉晚餐沒吃，跟自己內心喊話：「今晚不能再回去當遊民，走進超商前看到一位賣花小女生還在努力推銷手中的玉蘭花，就拿出三個銅板買一串玉蘭花，抱著這串玉蘭花坐在超商外，靠著牆就睡著了，一夜好夢，隔天在笑容中睡醒了。

走到「春風自助餐」店前面，店門未開，我是第一個到的員工，店門一開，老闆要我先整理環境、擦桌子、還要幫阿姨洗菜，我的手腳伶俐，自動找事情做，站著待命，不敢坐下來休息。

一個星期後，老闆發現我沒住的地方，都睡在超商內，老闆幫我在儲藏室放一張椅子當床，負責管理店內的夜間安全，牆上有張標語「財富必須靠雙手努力賺」，給我一個啓示，用手中的零錢買本小冊子和一枝原子筆，看到的文字、聽到的好話、還有自己的花費，都一筆一筆記錄下來。

我第一晚睡在餐廳儲藏室，躺在椅子上很有家的感覺，有自己的獨處空間，重新燃起生存的動力，每天早早起床，先把環境整理一下，繼續把攤販送來的豆芽菜的鬚鬚摘掉，接著把地瓜葉折斷清洗，喜歡自己的工作，把這間店當成自己的家，只要自己洗碗工作完成，會主動幫別其他人，我默默的學習那些阿姨的工作內容，我最喜歡的事跟客人說：「謝謝光臨，歡迎下次再來。」

自己臉上的笑容增加了，也會關心長輩，日子過得既忙碌又充實，每天有洗不完的碗，忙不完的換桌服務，把客人一批一批送走，跟客人說謝謝光臨愈說愈高興，那種成就感非常喜悅，雖然到了晚上，腳眞的痠得不得了，一股感恩之心滋潤整個身體，感恩老闆的收留、感恩同事的包容，公休日會到「愛心廚房」協會當志工，學習跟人相處，幫忙煮飯、學習炒菜技巧，最喜歡送餐給一些孤獨老人，這樣的關懷，感受施比受更快樂的心情。

跟自己一起在「愛心廚房」當志工的阿惠小姐，可能個性很相似，我們總會關心彼此，這樣一起過了九個聖誕節，每年過年都跟獨居老人、師兄姐一起圍爐，協會長會發給我紅包，感受家的溫暖，阿惠小姐跟我有共同的理念，努力工作，多賺點錢，買個小房子安居樂業，感謝老闆給我一個全新的生命，能夠對人生未來充滿希望。

工作第十年，老闆特別發一個月薪水當紅包，跟我說：「你是靠雙手努力工作的好孩子，謝謝你爲這間店的付出，你總是用微笑對待客人，希望你明年能繼續幫忙，我會把手藝傳給你，你將來一定是位好師傅，會用愛心做生意。」

第十一年初六開工，員工各個提早來等老闆過來發紅包，左等右等老闆娘來說：「老闆出車禍，大家休息一個月，薪水照發。」我接下照顧老闆的醫院看護工作，內心很早就把老闆當自己的父親看待，照顧的過程找到自己的存在價值，發現生命是美好的，更發現愛的力量，我還幫老闆到廟裡安「平安燈」，許願老闆康復後繼續做愛心餐，老闆娘看在眼底，經過醫療團隊的醫治，和我無時無刻的陪伴，一個月後老闆終於回家了，老闆送我一句話：「阿章，我會把自己的手藝傳給你，以後老闆不在店裡，店所有的工作都給你處理。」我聽完感動的哭出來，終於可以用阿章這個名字了，這十年大家都叫我「小弟」。

這半年老闆經常不在，我必須接下大廚工作，每次都注意看客人吃的樣子，看到皺眉時我會主動關心，了解客人的想法和建議，老闆從不會過問我細節，如此戰戰兢兢過了半年，有天老闆趁中午休息時跟我說：「阿章，等下跟老闆出去一下。」左轉右轉到一個小巷子打開一間屋子，發現這間屋子的裝備跟老闆的店一模一樣，老闆拿出一把鑰匙說：「這家分店送給你了，房租已經付清兩年，明天你就可以準備材料開店了。」由於太感動，我大哭起來，並說著感謝老闆的好意，我雙腳自動的跪下來，老闆牽起我的雙手說：「這十年我親眼看到你的努力，無論工作多忙，你都堅持用『微笑的面孔』對待客人，我相信你的微笑一定能把事業做起來，老闆相信你，你有困難隨時跟我說。」

帶著感恩心離開老闆的店，流著眼淚跟好同事告別，阿惠小姐決定跟自己一起經營，一開始由於知名度不夠，客人比較少，飯菜有剩，丟掉可惜，做成愛心便當免費贈送，如此慢慢打響阿章自助餐生意

這幾年和阿惠彼此關心扶持，有共同的目標，有緣分成了夫妻一起努力，她精通會計，幫店裡省了很多開支，感謝老闆默默幫我打廣告，也感謝愛心廚房師兄姊的義務宣傳，當然最感謝自己願意重拾新希望，體會幫助別人就是幫助自己。

我跟自己說：「人生中所有的經歷，只要繼續努力都能變更好。」

十四、我是一位廟宇導覽者

「我叫陳美美，小小的身材，留著一頭的短髮，喜歡穿華麗的衣服，說一口流利的國語，從小喜歡唱歌。」這是我當導遊第一次的自我介紹。

家裡是養鴨人家，媽媽忙著餵養鴨子，院子滿地全是鴨糞，兄弟姊妹都可以在地上玩耍，只有我需要坐在小車上，或是媽媽背著我工作，因爲我的身體很弱，經常要跑醫院，阿嬷看得非常心疼，會到廟裡祈求神明保佑我的健康。

阿嬷喜歡參加進香團活動，會帶著我去，我很喜歡跟著導遊小姐一起唱歌，會忘記暈車的不舒服，內心希望將來能當導遊小姐，但是身體不好，容易暈車，但我不想放棄自己的夢想，藉著參加學校健身運動，加強自己心肺功能，出門經常坐公車練習急轉彎也能保持平衡，漸漸能克服暈車。

爲了當導遊開始練習唱歌，在家裡拿著短棒當麥克風，黏著阿嬷教我唱歌，當阿嬷的開心果，雖然五音不全，但爲了提升自己的信心，常跟阿嬷參加老人團的歌唱班，練習幾首拿手歌，阿嬷漸漸同意我當導遊小姐，認爲我可以把歡樂帶給別人，又可以遊山玩水到處觀光。

我選擇念高職觀光科，考張導遊執照，成爲多才多藝的導遊，一面準備考試，一面開始跟導遊前輩隨車，幫忙開發新景點，自己的體力愈來愈好，坐長途車也不暈車了，個性也開朗許多，經過很多導遊前輩指導，終於在第三年考上導遊執照。

在考取導遊執照期之前，會去旅行社當業務員，負責規劃路線，從基層的工作做起，幫忙辦簽證，幫忙規劃出團事前工作，一面學習面做筆記，才知道這份工作如果沒有熱情是做不來的，學到如何提昇效率，如何跟客人打好公關，如何累積人脈，只要路線規劃詳細，一次可以辦無數團，日常活動時刻表一推出就秒殺，吃到好多美食，看過各地風景秘境，是件很棒的服務工作。

感謝老師的鼓勵，家人的支持，終於考取導遊執照，開始帶團活動，每個景點都是新的嘗試，每次團員都不同，每次準備的事項還是會出錯，出發前一定先去實地觀察，哪裡可以上廁所？哪裡有危險？哪裡可以買到好吃好喝？最主要的超商在哪個方向？

慢慢知道只要不把客人帶丟了，其他的事都覺得好辦，在車上最重要的事是清點人數，最怕客人投訴，因此促成我的好脾氣，最溫暖的是客人給的小費和感謝，最怕帶採購團跟當地導遊相處，團員的素質不一，所以自己不鼓吹客人購買，學會保身方法就是不多話，尊重當地導遊。

某天接到一位師姐的拜託，請我幫忙代班，接一個進香團活動，要橫跨三個縣市，可以誠心拜佛，事先要知道拜哪尊神，師姐把當天的手稿都幫我準備好，連夜挑燈夜讀，背熟如何解說，例如香客進廟門從龍邊進廟門，從虎邊出廟門，不能從中間大門進出，那是神明及住持進出。臺灣最早的廟是鹿港龍山寺，臺灣最大的廟是臺南南鯤鯓代天府，下車提醒香客看看廟宇建築跟自己的廟宇有何不同，喜歡拜神就拜神，求健康可以拜保生大帝，求心願的拜觀音及媽祖，司機拜哪吒三太子，回程許多阿嬤都說：「各個廟宇都準備好吃的平安餐接待我們，下次我還要來，請妳一定要當我們的導遊。」讓我想起小時候跟我阿嬤一起旅遊的美好回憶。

這次活動引起我帶進香團的興趣，感謝師姐帶給我開起導遊的第二專長，愛上當廟宇導覽人員，臺灣人太可愛了，尊重人人信仰的不同，沒有宗教信仰不同而紛爭，每個人可拜自己喜歡的神明，看到香客的虔誠心，看到阿公阿嬤敬神的精神，收穫很大。

開始思考可以再多一項專長，接廟宇導覽這個區塊，還需要再研究很多知識，看到臺上一分鐘，臺下十年功，感謝導師叫我考導遊，感謝師姐給我代班機會，才有機會接觸進香團，我開始參加廟宇導覽的研習、地方民俗研習，了解地方文化，這些對我是一種挑戰，漸漸喜歡到處收集廟宇的建築史、拜神儀式，發現宗教力量很大，能把人的善心聚集起來，愈學愈喜歡廟宇導覽。

五年前跟幾個志同道合的導遊人員，一起參加大甲媽遶境活動，我的男朋友也參加了，他負責拍照攝影，我負責記錄沿途風光人情，看到濃濃的人情味，欣賞鄉間小路風光，好多綠油油的秘境風光，看到人山人海的鑽轎活動，那種虔誠讓我感動，男友為我設計一頂特殊的鴨舌帽，遠遠就可以認出我，他的貼心感動我。

我倆每個宗教儀式都拍成紀錄片，看到很多團體參加，例如顏面受傷團、微笑天使團。很多人發心發願的在街頭發送食物，不知不覺我倆參加了三年的繞境活動，發現彼此對工作的認眞、對理想的堅持，帶團機會愈來愈多，感謝神明讓我找到自己的眞命天子，我點頭同意嫁給他，繼續我們的合作事業。

先生準備出一本導覽書籍，我負責收集資料，讓書籍盡量生活化，我一面收集資料，一面跟同事分享一些小常識，福祿壽是三星拱照，站在中間是財星，天官賜福，抱著小孩是祿星，送子星，額頭長壽毛手拿拐杖的是壽星。最常見的是門口獅子，公獅子是嘴巴張開，含個球象徵賺錢；母獅子嘴巴緊閉，前腳弄一隻小獅子，是默默守護自己的小孩，兩隻獅子是迎接香客來臨。

感恩知足是我目前心境，我會努力把自己歡樂給參與活動的人，導覽是一件傳承工作，帶團拜神讓人安心，我也更喜歡我的工作。

十五、奉茶人生

還記得那個夏天的義診活動格外充實，推拿，刮痧，八字算命，塔羅牌，經絡調理等，各個攤位的老師雖是免費爲民眾服務，但都使出渾身解數，想讓與會的每個人有一個美好回憶。

莊哥總是第一個到會場，爲所有人準備茶水，民間機構退休後，熱愛服務、助人爲樂的精神，總讓他出現在類似的活動。每聽到「好喝的茶讓你更樂於工作」後，就看到莊哥泡的茶送到眼前，喝完一口，那種熱澀轉甜的回甘眞讓人精神百倍。

莊哥話不多，除了提醒夥伴們趁熱喝外，總是默默在旁傾聽，幫忙需要的人，但只要提到茶葉，話匣子就開了，滔滔不絕說著要如何才能泡出好茶，溫度和時間掌握是好喝的關鍵，不同茶葉有不同的最佳溫度，一般人認爲的一百度熱水並非最佳溫度，因水溫過高會破壞茶葉的維他命 C，而浸泡時間的多寡則必須依茶葉的顆粒來決定，說起茶葉的莊哥儼然就是個茶博士。

那天下午，莊哥似有若無的在命理攤位附近徘徊，我主要是負責塔羅牌占卜，於是便輕聲對他說：「今天的茶還是那樣的好喝，謝謝莊哥！」莊哥不好意思地笑著說：「糖果奶奶，是妳沒嫌棄，感謝捧場！」平時沉默是金的他竟接著說道：「如果您有時間，能幫我用塔羅牌占卜一件事嗎？」認識莊哥這麼多年，知道他從不請會場的老師幫忙算命，想來一定是有甚麼心事想請人幫忙，便笑答：「喝莊哥這麼多年的好茶，今天終於有機會報答了！」

十六、未編好的玉觀音

六年前某天星期五早上到彰化參加一場易經研習座談會，會場討論熱烈，坐在對面一位女士滔滔不絕發表心得，不經意對看一眼，發現是當年坐在隔壁的高中同學，想起她的特別照顧，有種妙不可言的感恩，似乎上天冥冥之中，安排一場有緣千里來相遇，藉此跟她說聲謝謝，雙方留下聯絡方式，約好下次到花蓮相聚。

帶著興奮的心情離開會場，畢業五十多年還會再重逢，眞的是緣分，一面想著今天的課程吸引我來的原因是跟這同學說聲謝謝嗎？還是上天要我繼續研究易經，繼續寫《易經六十四卦》這本書，想著想著，機車突然熄火，我停在路邊讓機車休息一下，轉頭看見一群學生正在騎樓圍觀，我好奇地走近一看是間文創小舖，突然有位漂亮的小姐靠過來問：「請問您是我高中老師嗎？」我轉過頭來仔細一看，兩個人大叫一聲，學生名叫阿存，她說老師我好想念您，接著哭起來，我來不及反應，內心一陣震撼，怎麼會在這裡碰面？我平時不會路過這裡，今天太奇妙了，不參加易經研習，就不會走這條路，機車爲何在這裡熄火，這一連串的巧合，我們分離超過二十年了吧！

阿存說：「老師明天您有空嗎？我想跟您分享我這些年努力過程，這些辛酸過程可以寫一篇文章，我請您吃飯，就約在您家附近餐廳，一定要給我機會，我好想念您，您教會我要面帶微笑，沒有過不去的事，我才能堅強的活到今天。」我握著阿存的手，她的臉色不太好，長長的頭髮掩蓋了蒼白的臉色，看得有點不捨。

回到家裡不覺得餓，燒壺開水想沖杯咖啡，努力讓腦子回憶從前，她是我第一年教書的學生，自己經驗不足，完全靠著跟學生年齡和學生相處，多虧班上有這位很挺自己的學生，讓我上課一堂一堂順利過關，當年貞虧她幫忙維持班上秩序，建立我們師生的革命感情，我對她特別關心，永遠把鼓勵放第一位，這孩子算是我教書的第一位貴人。

當年阿存的制服永遠比別人大一號，長褲寬寬的，留著超短的頭髮，這些都不會造成教官的困擾，最大困擾是躲在廁所抽菸，下課後滿口三字經讓同學看不慣，她有個原則是不欺侮弱小同學，會幫助她們對抗壞學生，不愛念書，只有我教的科目及格，她知道高二下學期會被留級，想努力已經來不及了，就這樣離開了學校。

從此音訊全無，阿存的名字被我埋入內心深處，今天的見面，似乎像昨天發生的事，我明天見面該帶甚麼給她當見面禮？如何跟她懺悔沒把她輔導成功？一連串懊惱，明天再說吧！隔天我提早到餐廳前等，讓自己腦筋清醒，點了兩份火鍋，遠遠見阿存騎著車過來，我牽著她的手慢慢走進餐廳內。吃完後，服務生端走餐點，送上香甜的熱咖啡，兩份甜點，阿存開口說話：「首先謝謝老師當年的陪伴，當年我非常孤單，老師不時給我溫暖，讓我學會莊敬自強、找到自信、開始戒菸、脫離壞朋友、重拾畫筆找到自己的一技之長。

我的努力精神是受您影響，您上課永遠面帶微笑，給我們正面能量，我會微笑轉念都是受您影響，我從小就希望有個家，每次聽到〈甜蜜的家庭〉這首歌，特別辛酸，我是大哥大嫂帶大的，他們對我特別好，給足了我物質生活，訓練我獨立生活，不過他們工作太忙，沒時間陪我聊天，養成我自卑又自大的個性，學校家裡是兩面個性，我抽菸大哥他們都不知道，只有老師您會主動關心我，所以只有您教的課目我及格。

我休學後，常常懷念跟您的談話，您送我最後一句話，『發揮自己的繪畫天分，找到自己的價值』，每次人生低潮時，我就拿起畫筆畫畫，竟然有人願意買我的畫，離開學校我選擇就業，畫畫的收入不穩定，我就到餐飲業當服務生，不管內勤外場都能適應，只要一下班就非常寂寞，整個屋子沒人講話，喜歡交男朋談戀愛，看不慣好吃喝懶做的男生，看不慣月光族，每次戀愛我都忘記工作，失業缺錢被男人嫌，所以被甩五次，都是靠您當年送我的佛珠、抄經讓自己靜心，還會想想老師的笑容，明天再繼續找工作讓自己忙碌忘掉不愉快心情，如此來來去去十年就過去了，青春無情，自己很想有個家的念頭一直存在。

感謝老天爺的恩賜，讓我碰到我先生，因爲他欣賞我的畫畫，他經營一家烤鴨店，人很老實又能幹，我們共同的嗜好是研究好吃的東西，大哥大嫂都同意我嫁給他，我終於有自己的家，我們家很溫馨，孩子很孝順，店的生意不錯，先生爲了讓我們過更好的生活，店休都到其他店兼職，小孩上小學時，先生意外車禍死亡，我當時眞的活不下去，想跟他一起死掉，有半年走不出來，天天靠著畫畫紓解壓力，靠著念經忘掉過去，孩子現在都上國中，走出陰霾出來創業。

我一面把倒店貨品批回來加以改裝，變成獨一無二商品，配上自己的畫畫，生意還是不錯，最近迷上玉石，尤其是玉觀音，顧店等客人上門時，我會練習編中國結套上玉觀音，已經有客人預訂了。我想跟老師結個善緣，等編好再送老師一條，給我半年時間，我一定親自送給您，報答當年的恩情。老師有空可以過來看看我的小舖，給我一些建議，讓我的生意人氣更旺，也可以陪我聊聊天，我發現自己的身體愈來愈弱了。」

後來每次去小舖都碰到她店休，聽說她店休都去市集擺攤，整天忙碌賺錢，一下子半年過去，我再去小舖找不到阿存，店關門了，阿存上天堂了，聽到這消息很震驚，當時我不知道自己如何回到家的，懊悔自己的不積極，自責懊惱沒有珍惜相聚時間。

傷痛排山倒海而來，感覺自己是失敗的輔導老師，三個月後我收到一位同學轉寄來的一條玉觀音項鍊，他說阿存生病住院前趕工編好，託他送過來，希望老師記住她美麗面孔，不希望讓老師看到生病樣子，阿存說：「您是他最敬愛的老師，希望還有機會當您的學生。」我握著玉觀音久久不語。

終於體會人每見一面，就會多一次美麗回憶，也少一次機會說再見，老師祝福妳一路好走，在天堂快樂生活。

十七、又落榜了

今年又落榜，明年還要繼續考嗎？

小陳今年還是沒考上代理教師，年年教甄落榜，只有一句話讓她自己撐下去「不要放棄，明年就有機會。」最慘的事情接著發生，男友無法忍受自己的年年落榜，無法理會考教甄的辛苦，最後以分手收場。

三年的代理生涯有接不完的行政壓力，無數的代課通知，到處討好別人，接受暑假無薪水，同工不同酬的不平待遇，期末最怕聽到學生的關心話語「老師，下學期妳還在學校嗎？」

每天上課備課，已經累得半死，哪有時間唸書？如何拚明年的教甄？在惡性循環下，身心俱疲，內心恐慌著思考該不該轉行？今年代課期滿沒有接到下學期聘書。

趁著放暑假，給自己放空一個月，逛街散心，甚麼書都不碰，不想在家抱怨，同事建議去廟裡拜拜，求求工作運，先找份工作養活自己，走路散心，走著走著到了龍山寺，一面拜拜一面跟神佛求能先有一份工作就好了。

回到家裡，接到媽媽的電話：「找工作不要求好，有就快卡位，有工作就會有信心，隔壁的大姊姊考了六年就考上了，下個月又要結婚了，媽媽支持你的決定，相信你一定能找到工作。」

隔天一早，帶著媽媽的祝福，內心一股暖流上升，突然在騎樓牆壁上看到一則廣告，補習班徵教師一名，心想賺點生活費也不錯，跑去應徵，主任覺得我可以試試當輔導老師，想想工作可忘掉落榜的情緒，就進入補教界，給自己一個機會。

感謝班主任的一連串訓練，展開魔鬼般的儲備練工作：

一、幫名師編打上課講義。

二、當名師課堂上的小老師。

三、幫名師打雜一些私事。

四、幫名師收集一些社會新聞「上課用」。

五、幫補習班做招生行銷。

六、爭取當名師的徒弟。

內心常常懷疑這個工作，到底適不適合我？必須有強大的心臟，編打講義、教導課程，讓我經常無法坐下來好好休息，還好自己熱愛教學這個工作，心情不好時，就自言自語說：「吃虧就是占便宜，咬一咬牙就過去了。」

反覆思考「走或是不走」，班主任希望我留下，內心有句話浮出來：「人要感恩。」名師終於看到我的努力，自己用心陪伴名師身邊，聽候使喚，願意收我當徒弟，願意教我上課吸引學生聽課的訣竅：

一、讓學生覺得上課有趣，必須穿插社會新聞，盡量口語化。

二、只教解題技巧，提升學生的成績進步，而且願意來上課。

三、需要不斷建立題庫，提升自己上課的流暢度，讓學生覺得老師厲害。

四、必須不斷備課，增加自己站在臺上的自信心，讓學生佩服你的功力。

五、要對成績進步的學生好，請成績好的同學吃東西，得到學生的讚美，補習靠他們招進新學生。

非常感謝名師親自指導，讓自己在名師身旁聽上課技巧，隨時修正自己的思考模式、幫名師擦黑板、準備茶水夠、讓名師多有休息時間、自掏腰包幫名師買晚餐。成爲最早上班、最晚下班的人，自己的努力終於讓班主任看到，在補習班打拼是靠意志力，常常回到家就累癱了，所有的事都是明天再說，更別說交男朋友。

最難的工作開始了，要維持招生人數，常常要請學生幫忙招新生，打電話做行銷，鼓吹學生家長送孩子到補習上課，常常影響自己的心情，覺得自己很卑微，原來補習班老師是這麼辛苦的工作。苦熬三年終於可以上臺教課了，可以步入名師的行列，主任會提醒：

一、教不好就回家吃自己。

二、學生成績沒進步，家長會責怪你。

三、要提高升學率。

煩惱如何提高自己的知名度，常吃睡不好，很想落跑，腦子有個聲音「妳熱愛教書，教了這麼久，好好保握這個機會，將來名利雙收。」於是又留下來。

從此積極備課，一堂課需要十小時備課時間，準備紅黃白色粉筆，加強學生上課的注意力，還得觀看名師上課的臺風跟說話技巧，整理編成自己的一套教學系統，時時提醒自己跟學生上課的互動情形。

終於體會「臺上一分鐘臺下十年功。」每天趕進度，每天解題，填鴨式教學，教學生背公式，教學生得分技巧，每天流暢的解說並寫好板書，提昇升學率，讓很多成績不好的學生改變他們的命運。

有天放颱風假，結果自己住院了，累倒了想找朋友講個話，打開朋友名單一個都沒有，才警覺這三年沒有經營友情親情，甚至錯失結婚機會，自己上班時間跟大家不同，躺在病床一直思考，到底如何走下去？大聲哭出來，嚇壞醫生護士們。

想想自己只是一臺會解題技巧的機器，沒教學生思考能力，沒教學生品德教育，自己也失去健康，隔天出院到廟裡拜拜，謝謝菩薩讓我身體健康，想回家鄉陪陪爸媽。

跪著跟佛祖說說自己心裡的話，感謝一路陪我的長官恩師，想給自己一個機會重考教甄，到偏遠地區教書，繼續自己熱愛教學的美夢，許三個願：

一、把教書熱誠奉獻給偏遠地區弱勢孩童。

二、把每年年終獎金，捐出給弱勢學生當基金。

三、每天吃早齋，給自己一個修心機會，回饋給父母養育之恩。

帶著自編教材進考場，寫完流暢的題目，帶著三色粉筆流暢的書寫，自信心說出自己願望，試教口試都順利過關，感謝補習班的名師磨練，終於圓夢了。繞了一大圈，回到自己家鄉任教，服務自己的學弟妹，內心終於踏實多了，最高興是自己的父母親，可以陪伴他們身邊盡孝道。

十八、阿芳的內衣店

阿芳家裡有爸爸媽媽。

爸爸原本是個搬運工人，有天天空下著濛濛細雨，在趕貨中被撞，經過無數次開刀，最後，被醫生宣布要坐輪椅，無法繼續搬運工作。爸爸一面積極做復健，一面到處碰壁找新工作，憑著不屈不撓的精神，申請到街頭藝人，到處賣愛心彩券，每天開著自創的三輪車出門工作，帶著一身快樂的裝備，笑咪咪地跟我們說：「乖乖在家陪媽媽，等爸爸回來。」

媽媽是一位印尼來的外籍新娘，會做道地的臺菜，把家務整裡的井井有條，愛乾淨，說話輕聲細語，會說臺語，常教我一些印尼的禁忌：一、不可用食指指人。二、不可翹腳，不禮貌。三、接受物品時要用右手表示尊敬。四、不可摸人家的頭，平時在家幫爸爸準備午餐，接一些內衣加工，貼補家用。

今天煮爸爸喜歡的滷肉飯，要到廟前廣場看爸爸說故事，我最喜歡看爸爸用笑容說自己找工作的辛苦，客人聽著聽著會鼓掌稱讚，隨口會問：「看見人情冷暖，到處碰壁，會埋怨老天爺不公平嗎？」

爸爸抬頭看著藍天，指著我跟媽媽說：「感謝老天爺疼惜我，感謝政府給我個工作，我有家的支持，做好我的本份，該的知足喔！明天要帶我女兒他到日月潭遊山玩水順便做生意。」

我馬上跟客人說：「他是我爸爸，旁邊是我媽媽，我好愛他們，感謝他們生下我，我將來要開店賺錢孝順他們，謝謝各位長輩愛護我爸爸，謝謝您們喔！」

下午是我跟媽媽單獨相處的開心時間，有個內衣工廠阿伯會送些賣不出去的內衣來我家，經常高興地跳起來，玩起家家酒了，接著把大袋子裡的內衣一件往布偶身上試穿，不斷跟布偶說：「我將來要開一家內衣店，幫你們穿得美美的，我再幫妳換一件好嗎？」媽媽在旁看著我玩得開心，就會忘掉家中的苦惱。

我十歲那年，我家客廳變成加工廠了。

一件工資才五塊錢，花上半小時間，每天都得交貨，需要連夜趕工，媽媽的眼睛變得愈來愈不好，媽媽的心情也變差了。

我的工作開始變多了，負責煮晚餐，還得打掃客廳碎布條，幫媽媽做收尾工作，原本跟同伴的遊戲時間被剝奪，連跟布偶說話機會也變少了。

愈來愈討厭媽媽把客廳變工廠，愈來愈不喜歡這些一堆一堆內衣加工，甚至很想把它們一腳踢出門外。

有天接到阿公的來電，請媽媽寄錢過去支援，阿嬤住院需要醫藥費，轉頭跟媽媽報告時，發現媽媽的手臂變細了，頭髮變白些，整個人變老了許多，內心一陣難過。

快步挨近媽媽身邊，雙手抱媽媽身子，媽媽轉身放下手邊工作，安慰我說：「媽媽對不起妳，害妳不能出去跟朋友一起玩，媽媽最近要幫阿公寄一筆錢，才需要趕工。」

一通電話改變我的命運。

每天看媽媽樂在工作，看著爸爸開心的回家，爲什麼他們都不喊累，突然有股感恩的心情升起，媽媽加工賺錢幫阿嬤治病，讓爸爸早點回家吃晚餐，幫爸爸換新的三輪車，幫家裡的浴室換新的浴缸，幫我買新的彩色筆，這些都是家庭代工的薪水換來的，我開始喜歡我家變工廠了。

爸爸體諒媽辛苦，只要發薪水，全家一定會出去外地遊玩，散心！舒解壓力！

今天是郊遊好天氣，中秋節放假，太陽不大，涼風不斷吹過來，爸爸起的早，想帶媽媽出去散心，把三輪車擦拭一遍，車身從藍色轉回暗紅色，腳踏板換全新的，我跟媽媽坐在後座，爸爸用輕快的喉嚨哼著「三輪車童歌」，媽媽帶著中午的餐盒，爸爸一面開車一面回頭看看我們，我跟媽媽開心的觀看路上的風景，一路上左轉，右轉，走進長長的街道，看看人山人海的，賣吃賣喝的，爸爸說：「孩子，帶妳媽媽下去繞湖一圈，爸爸在旁邊擺攤。」爸爸不想放棄賺錢機會。

走著，逛著，看到一間內衣拍賣店，媽媽左挑右選，終於選一件最便宜的，問我要不選一件，媽媽一面教我如何選購內衣，一面幫我比一比，終於選到我中意的一件有蕾絲邊的內衣，試穿後，媽媽高興的表情，讓我感動，漂亮合身的內衣，能讓女孩子更有氣質。

母女兩人互看一眼，我突然說出一句：「開間內衣店爸，教客人選擇適合自己內衣。」媽媽接著說：「媽媽支持妳，妳從小在內衣堆長大，又把內衣變魔術，內衣跟妳很投緣。」內衣店小姐說：「妳想創業可以找我，今天我們結個善緣，買一送一。」走出內衣店時，我在鏡子前露出一個笑臉，謝謝媽媽給我一個夢想，回頭說聲：「謝謝小姐的鼓勵。」

走回頭找爸爸，遠遠望著很多人圍著爸爸看彩券，內心想爸爸眞辛苦，拉著媽媽快步上前，當爸爸的第三隻眼睛，預防被不肖客人摸走彩券，一面跟客人說：「他是我爸爸，我是他女兒，很會選彩券，需要幫忙嗎？」客人一面掏錢一面隨意抽一張彩券，回家一算，彩券賣出五十幾張，終於體會做生意需要人潮，爸爸常帶我體驗生活，讓我知道待客之道。

明天是我的十五歲生日，我一直思考還要繼續升學嗎？還是要踏出我開店的美夢？還是去上班賺錢，改善家裡生活經濟？內心翻來覆去，鐘聲一響，下課，帶著輕快的腳步，走出校門。一進門被美味吸引住，注意飯桌上的三菜一湯，媽媽在廚房裡忙著煮飯，伸出半個頭跟我說：「再等一會兒，妳爸爸去買蛋糕。」這時電鈴聲響起，用最快速度衝出去，一面喊爸爸一面接手提蛋糕，好重的蛋糕，好香的味道，謝謝爸爸的愛心。整桌的香氣圍繞在我們身邊，看著麵線跟豬腳，內心滿滿的幸福，謝謝爸媽，您們辛苦了。

爸爸：「謝謝妳給爸爸買蛋糕機會，上個月妳沒參加學校畢業旅行，替爸爸省下一個月的生活費，才有機會買蛋糕慶祝妳十五歲生日。」

媽媽說：「知道妳的夢想，還要謝謝妳常幫媽媽一起加工，經常陪媽媽熬夜，想送個有紀念價值的物件，用最美麗花色布，一針一線縫製出獨特的內衣，希望妳喜歡。」

我含著淚，用激動的口吻許願：「希望爸媽身體健康；希望國中畢就出去賺錢獨立；希望能開一家內衣店，實現自己的夢想，教客人穿出舒適健康的內衣。」

這頓飯吃得超開心，下個月畢業，終於可以賺錢幫忙養家，收到老師一句話：「沒有傘的孩子必須努力奔跑，妳不勇敢沒人替妳堅強，希望妳可以半工半讀。」

自己個子不高，身材不起眼，一家一家的詢問，每家都不給我機會，騎著腳踏車直直走，不小心轉到廟前廣場，跟爸爸撒個嬌，轉身到廟裡求個「信心」，拿出身上媽媽準備的早餐飯糰供佛，走出廟門，順手將飯糰放入一個遊民的紙碗中。

走進一個叫幸福的小市場，第二間攤販老闆正修著眉毛，並問我要買那一件？

我指著徵人招牌說：「您們有缺人嗎？我想應徵。」

老闆娘說：「有欠人手，看妳的樣子，可能吃不了苦，先試用三個月，明天可以來上班，每天七點到市場外面幫忙卸貨，遲到三次就永不錄用，其他明天來了再說。」

回家路上想著，找工作真辛苦，我先點賺錢，再繼續自己的夢想，快樂的散步回家，才發現自己沒吃早餐，請媽媽明天早點叫我起床。

那天是個星期天，天空下著毛毛細雨，披上大外套，掛上斜肩帶小包包，站在市場門口恭候老闆來，老闆用大嗓門喊：「快點卸貨，待會還得進貨。」忙完後正想休息，老闆給我每天的例行時刻表：

一、八點到九點，站在門口迎接客人，請客人不要擋住通道，讓交通順利。

二、九點到十點，拿著內衣牌子向左邊繞繞，右邊走走，喊著：「人客過來。」

三、十點開始補新貨上架，讓客人看到新貨品，引起客人好奇心。

四、十一點去買午餐，跟左鄰右舍問好，學習別家如何跟客人打交道。

五、下午一點吃午餐，檢討今天工作優缺點。

六、下午兩點收貨，裝入大布袋，一箱箱搬入車廂內。

回到家，累癱了，補眠一下，準備上補校課程。

天天上班，看著人群來往是件愉快的事，最喜歡排內衣上架，學不來的事也漸漸進步，三個月後，總算被錄取，變成正式員工前老闆的一句話：「妳要考慮清楚，要接這份工作，需要做滿三年，才能離職，半途離職須要賠十萬。」

一想到自己的助學貸款，換工作，不一定能繼續上補校，這三年下來，可能存到創業基金，當老闆的夢想也許能成功，拍著胸埔跟自己說：「我一定能撐過這三年，中途絕不落跑。」

第一年遲到一次，才知道市場規定早上八點以後大車不能進入市場，慢慢想學習如何在市場生存，貨品賣不出去時，老闆會罵人，這三年總共被罵兩百多次想辭職超過三十次，常常晚上去上補校時打瞌睡，有時候還得請同學幫忙買一些貨品。

有次月考，自己回家路上摔倒，爬起來，買一盒藥膏，回家貼滿全身，告訴自己明天一定準時上班，這樣疼痛，會想辭職算了，但想到賠十萬，就不敢亂說了。

最慘一次，有客人說我算錯錢，客人很兇，還甩我一耳光，老闆還要我跟客人道歉，當天的帳一算，錢還是少了，老闆對我不信任，讓我眞的不想再做下去，但想到要賠十萬，隔天乖乖上班。

感謝同學幫我促銷新產品，感謝同學當我的假客人，感謝老師開導我，感謝老闆嚴格的督導，感謝爸媽鼓勵我，讓自己一步步往前走，終於高中畢業，同時工作滿三年，領到社會大學第一張畢業證書，我終於可以獨當一面在市場擺攤了。

看看自已努力收集的資料，美夢離自己愈來愈近了

慢慢了解市場文化，菜市場什麼都賣，所以一般人喜歡逛市場，有三大特色：

一、叫賣聲音大：嗓子要響亮，人潮一來，需要掛個小型麥克風，客人一被拉走，人群就散了。

二、各車齊發：買菜的客人各種年齡都有，不分老少，各路人馬推著各式各樣車

子，腳踏車，嬰兒車，三輪車，踏板車。

三、買菜買內衣：買菜外順便買件內衣，各大市場都有賣內衣的，沒有特別設專區，任何人都喜歡看看內衣變化，每個女人都需要一件。

想一想！自己畢業不愁沒有工作，自己相信賣內衣難不倒我。

去年自費去上「銷售思維課程」，今年開始做實體實驗，發現效果很好：

一、首先要喜歡自己的工作：把童年跟內衣玩的樂趣找回來，一面上架內衣時、一面欣賞顏色搭配、一面摸摸造型設計，排內衣的速度愈來愈快，發現這工作挺有趣的。

二、微笑面對客人：那堂課收穫最大，客人出錢買你家產品，才是你的大老闆，客人愈挑三揀四，就是想藉機殺個價，客人如果肯幫產品說話，產品就有繼續銷售下去。

為了給客人的笑容，我買個小鏡子練習讓自己嘴角上揚。每次練習，我都感覺自己笑得很開心。

三、不要怕被客人拒絕：以前客人一拒絕，我就講不下去，現在會馬上轉身找出更新的產品讓客人繼續選下去，最後謝謝他給自己介紹產品的機會，接著拿出鏡子讓他試試看，客人看出我的誠意，業績就好了。

四、要有渴望的念頭：我每天上班都渴望客人喜歡我、渴望能把產品賣出去，慢慢轉念成功，漸漸能獨當一面賣出好產品。

最後！對著鏡子說：「你自己不栽培自己，誰會栽培你？」

開始築夢計畫：自訂計劃書

行動：爸媽的支持。

產品：各種新型內衣。

目標：人情味放第一，敦親睦鄰。

怎麼賣：學習新的行銷課程。

找到批貨市場，可以接受退貨。

資金：十萬起家。

等待目標：學會開車帶貨，車子買中古的。

終於在星期天開幕了，排好貨，架好鏡子，商品上架，靜靜地等客人上門，但結果一天下來賣不到三件，難過地收攤回家反思，才知道萬事起頭難，晚上跟爸媽請教。

一、看店前，有跟左鄰右舍打招呼嗎？沒有。

二、今天有微笑嗎？沒有，下貨完就累死了。

三、客人不買，被拒絕後自己忘了怎麼進行下去。

四、有跟客人問早安嗎？沒有。

五、有觀察客人跟誰來嗎？沒有。

一天改一項，一周後看看進步情形，每天對鏡子：「我愛客人，希望他們喜歡我。」

排好貨時，對著掛在牆上的鏡子說：「要微笑，把微笑送到隔壁賣菜阿姨，跟阿姨問早安，謝謝您跟我作伴做生意」到麵攤跟阿公說：「阿公今天氣色好，你們的食物很好吃。」看著一位婆婆推著一位小女孩，說：「婆婆早，您好福氣帶孫子來市場逛，貨買齊了嗎？」

婆婆：「還沒有。小姐！有沒有我穿的內衣，好穿又便宜的？」

我：「婆婆沒問題，這是我家新產品，這個牌子既好穿又便宜，對身體健康有幫助，婆婆可以試穿看看。」

婆婆：「可以打折嗎？」

我：「婆婆，我可以送您一件高檔內褲，任您選擇。」

婆婆高興地離開，一直說謝謝！

婆婆隔天又來買一件，又送一件高檔內褲，這件內衣，一周內銷售五十多件，外帶送出內褲五十多件，試穿做出口碑了。

因爲消費者有購買慾望，認爲自己買到賺到的心理學觀念。母親節促銷活動，我在攤位前放一百多朵康乃馨，只要進攤位內都可以拿一朵康乃馨，陪伴者也可拿一朵，這個活動非常成功，康乃馨幫了大忙，一枝枝康乃馨，迎接一個個客人進門，一枝枝康乃馨，換來客人認識我的機會，一枝枝康乃馨，讓我收到一個又一個的謝謝，促銷活動收穫很大。

慢慢我熟記住哪些人喜歡打折，哪些客人喜歡試穿，哪些客人喜歡讚美，哪些客人喜歡來聊天，哪些客人只看不買，慢慢客人喜歡我的人情味。

每個月第一星期天會辦公益活動，讓客人多認識「阿芳的內衣店」，給爸爸媽媽一個參與機會，這個活動內容：

一、店內所有商品全部三折，收入一半用爸爸的名義捐給殘障機構。

二、新住民當天可來選一件免費內衣「不限價格」

三、免費教印尼話，歡迎印尼新住民來電跟媽媽敘敘舊。

經過這幾年努力，店的業績持續上升，我的夢想追雖然辛苦，但是一步一步往前邁進，希望將來能自創品牌，這一路要謝的人太多，最後謝天吧！

十九、廟門修理故事

有間家廟裡面供奉觀世音菩薩，四周有十幾戶人家圍繞，觀世音菩薩是這十幾人家的精神堡壘，院中有棵大樹，樹幹很粗，枝葉茂盛，濃密樹蔭，擋風擋雨，成爲家族們集會好場所。

爲了維護這座古老建築物進出管理，並讓香火延續，家族推選一位住在附近的長者當廟公，早上六點打開廟門，上一炷香，晚上八點把廟門關好。

廟前左邊有道小門，因年久老舊，加上關門使用次數頻繁，門框有些下垂，門鎖底部有些剝落，需要做些補強，而且要「修舊如舊」，這個工程需要專業人員維修，族人一致公推廟公全權處理，找專業人員來維修。

廟公坐在大殿前，左思右考，如何完成這項工程？於是自製廣告單，上面寫著：「尋找修廟門鎖師傅，電話 xxxx。」一口氣寫了五十多張紅紙條，帶著雙面膠，貼滿兩條街，高興回家等消息。等了很久都沒有任何消息，只好到建材行詢問，跑遍大街小巷，每家都說同樣的答案：「沒辦法。」

於是請里長幫忙詢問，里長說他試試看，有答案一定會通知。

最後得知隔壁村有位換鎖具的葉師傅，是全能的師傅，不過行蹤飄忽不定，不好找到，但是大家都說他年輕跟著他師傅當三年六個月學徒才出師的，當學徒白天甚麼雜事都做，學得一身好功夫。

依著地圖，廟公決議去找葉師傅試試看。一早，打開廟門，跟菩薩上炷香，一面抬頭看著藍天白雲，陽光照著大地，喃喃自語：「今天是個找人好天氣，我一定能找到葉師傅。」但是在廟公內心裡，更想找到另一個孩提時就走失的弟弟，只記得媽在世時有給兄弟倆一對翡翠玉項鍊。

繞著隔壁村的巷弄轉一圈，到處打聽也找不到葉師傅，直到幾個禮拜後，他在一個廟前發現一個人正在幫某座廟宇整理門面，上前問說：「請問您知道葉師傅住哪嗎？」那個人則說：「我就是葉師父，請問您要……？」

廟公：「太好了，我找您找得好辛苦，我家廟的門鎖需要調整，聽說您很專業，明天可以來現場看看，這是地址和電話號碼。」

「謝謝您看得起我，大老遠跑過來，明天我會九點前到，費用到時見面在談，不會太貴，您只要在廟前等我，其他都不用準備。」

隔天，太陽起的特別早，想著葉師傅會帶來好消息，解除這幾天內心的憂愁，嘴角不自覺往上揚，不久葉師傅開著一輛小貨車，準時到大廟口，順著規矩從左邊廟門進入，繞到小門一看，開始動工換「修舊如舊」的門鎖，但是試了很多次，都不行，主要

沒有這樣的舊材料，葉師傅只好開著小貨車，大家小巷轉圈圈，尋找五金行或建材行，每家都說缺貨，目前無生產此批產品。

站在馬路旁左思右想，沒材料工程無法繼續下去，門安不回去，如何跟廟公交待，可以找誰幫忙呢？靈機一動，想到還有師傅，師傅平日最喜歡收集舊式門鎖，一定還有材料。後來葉師傅的師傅出現，大家都叫他陳師傅，帶著舊式材料，不到十分鐘就把這門鎖「修舊如舊」變成全新的舊門鎖。

正當廟公和葉師傅在讚美陳師父時，這時陳師傅突然說：「您們兩個長的很像喔！小葉，你不是常說你想找你同年失散的哥哥？你不是也說只要他還戴著那翡翠玉項鍊，就能找到？」廟公聽到這時，不自覺流下眼淚並把那翡翠玉項鍊拿出來，而葉師傅看到那翡翠玉項鍊時，也把自己的翡翠玉項鍊拿出來，這兩個翡翠玉項鍊眞的是一對。

原來葉師傅一直到想找到哥哥，所以立志當鎖匠師傅，這樣就有機會認識更多人，才有機會找到自己的哥哥，尋找了多年，皇天不負苦心人，終在這觀世音菩薩廟前找到哥哥，廟公和葉師傅相擁在一起，感謝觀世音菩薩的幫忙。

二十、緣起不滅結尾篇

那晚廟裡因祈福活動，廣場的人潮比平日多了一倍，絡繹不絕的人潮和攤販擠滿了街道，好不熱鬧。

穿過人群，好不容易走回前廟，準備做交接，卻看到值班臺前有個熟悉的身影，是自己從前職場的好朋友阿美，正向工作人員詢問問題，身影看來有些憔悴。

還記得阿美從前在辦公室可是人氣王，她在的地方，笑聲總是不絕於耳，負責任的她總是最早到辦公室，也常是最晚離開，每當同事陷入低潮時，第一個跳出來幫忙的人是阿美，聽人說過她的退休生活過得很愜意，衣食豐足，到處遊山玩水，今天一見卻全然不是如此。

輕聲地說著「健康、賺錢、爲家庭」，這是我們在工作時彼此勉勵的話語，眼前的女子肩膀微顫一下，轉過頭來，給我一個擁抱。

互道退休生活，才知道阿美杳無音訊這麼多年是有原因的，她先生家庭經商失敗，原有好多處房產，全被賣掉還債，先生也因爲壓力太大於前年過世，阿美一人扛下中重擔，照顧家中兩位長輩，和三個還在讀書的子女，爲了還債只好到附近的診所工作，還

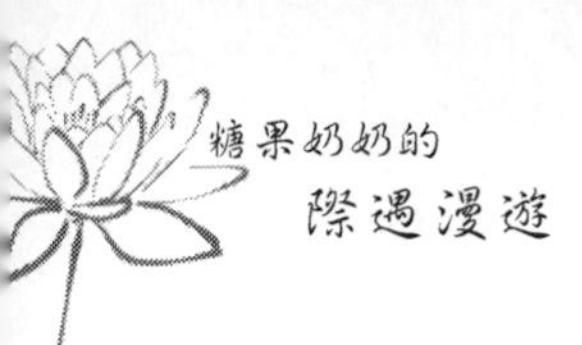

好醫生娘善解人意，知道阿美的處境，給予實質幫忙，現在生活勉強過得去。

這十年，每禮拜阿美到廟裡，祈求神明的幫助，她說：「現在雖然沒錢，但是只要家人健康平安，能來廟裡拜拜，求得內心平靜，那可眞是別無所求。」

分別時，我們相約，下次一起到廟裡拜拜，找回我們內心的平靜。

國家圖書館出版品預行編目資料

糖果奶奶的際遇漫遊／高衡松著. --初版. --臺中市：白象文化事業有限公司，2022. 05
面； 公分
ISBN 978-626-7105-53-5(平裝)

863.55　　111002896

糖果奶奶的際遇漫遊

作　　者　高衡松
校　　對　高衡松、林金郎
發 行 人　張輝潭
出版發行　白象文化事業有限公司
　　　　　412台中市大里區科技路1號8樓之2（台中軟體園區）
　　　　　出版專線：（04）2496-5995　傳真：（04）2496-9901
　　　　　401台中市東區和平街228巷44號（經銷部）
　　　　　購書專線：（04）2220-8589　傳真：（04）2220-8505
專案主編　陳媁婷
出版編印　林榮威、陳逸儒、黃麗穎、水邊、陳媁婷、李婕
設計創意　張禮南、何佳諠
經紀企劃　張輝潭、徐錦淳、廖書湘
經銷推廣　李莉吟、莊博亞、劉育姍、李佩諭
行銷宣傳　黃姿虹、沈若瑜
營運管理　林金郎、曾千熏
印　　刷　百通科技股份有限公司
初版一刷　2022 年 05 月
定　　價　150 元